若さま同心　徳川竜之助【八】

幽霊剣士

風野真知雄

双葉文庫

目次

幽霊剣士　若さま同心 徳川竜之助

序　章　ぎらりの夏

見沼倫太郎は、材木が並んだ薄暗い物陰にひそみ、荒い息を吐きながら、明るい通りを見ていた。

入り組んだ京都の裏町である。

駆けているうち、右も左もわからなくなった。もしかしたら、祇園の一角に入り込んでしまったかもしれない。さっきは舞妓の二人づれが、軽やかなぽっくりの音を響かせながら、通り過ぎて行った。

額や胸元から、焼かれてにじみ出る獣肉の脂のように汗が滴り落ちつづけている。濡れた手ぬぐいで身体をふきたい。風はそよとも吹かない。

こんな蒸し暑い土地に、よくもこれだけ大勢の人間が住むものだと呆れるくらいだが、皆が長いあいだ知恵を出しつづけてきたのだろう、暑さを逆手に取った夏の風情がつくられていた。

すだれ、風鈴、鉢植え、打ち水……。ざっかけない江戸の町とは違ったこまやかな配慮があった。

風の代わりをつとめる路辺の洗練。

それはいかにも王城の夏と呼べるものだった。

苛立ったような足音が通りに響き、そして止まった。

「くそ。こっちにもおらぬな」

「逃げ足の速い野郎だ」

強い訛りではないが、西国ふうの抑揚がある。

「向こうか」

「逃がすなよ」

敵は三人だった。身のこなしから、いかにも腕が立つのはわかった。

ただ、品はなかった。大方どこかの脱藩浪人たちではないか。

急いで遠ざかって行った。

だが、まだ出るわけにはいかない。敵はあの三人だけではない。ほかに五人ほどいた。わしを捜して歩きまわっているに違いない。しかも、このあたりはまるで土地鑑がない。

——夜になるのを待つしかない……。

見沼は自他ともに認める甲源一刀流の遣い手である。しかも、道場剣法を脱し、実戦に強い。

その見沼が、つくづく疲れ果てていた。

追ったあとは追われる。追われながら追う。

碁盤の目のように区切られた京都という狭い土地の中の、生死を賭けた奇妙な遊び。華麗な気配を漂わせた町で、じりじり追いつめられていくちぐはぐな感じ——。

それは、経験したものでなければわかるまい。

とんだ思惑違いだった。これほど混沌とした状況になっているとは、夢にも思わなかった。

見沼は初めて京都に来たとき、まずは先輩の元を訪ねた。だが、会えなかった。浪人たちと行動をともにしていたが、どうも仲間割れがあったらしく、江戸に帰ったという噂もあった。

その帰り道、いきなり斬りかかってきた二人を返り討ちにした。これは誤解か人違いであったはずである。

いままでも、実戦の経験は二度ほどあったが、そのときは、軽い手傷を負わせただけで、相手は引き下がった。死闘と呼べるほどの斬り合いは初めてだった。あらためて、自分の剣の腕に自信を持った。

だが、ここから追いつ追われつの日々がはじまった。

――それから何人、斬っただろう？

八人？　九人？　数えるたびに誰かを忘れる。もちろんほとんどが名前のわからない男だった。軽い傷を負わせただけの者を入れたら、さらに数え切れなくなる。

目を閉じると、ぎらり、ぎらりと光る刃の輝きが見える。

このひと月ほどは、それればかり見つづけてきた。

そのうちに、頭の中では、ハエやカが頻繁に飛び回るようになった。それは刃のように、光りながら飛んでいる気がする。

「どないしはりました？」

すぐ近くで、柔らかい声がした。

言葉づかいからてっきり商人かと思ったら、武士だった。歳は自分と同じ、三十半ばといったところか。だが、老成したような柔らかい笑みをたたえていた。

「やるか」

見沼は刀に手をかけた。

「ま、そう、尖らずに」

やはり敵意はないらしい。

「ふう」

と、安堵のため息を洩らした。

だが、味方かどうかはわからない。だいたいが、見沼はいま、自分がどういう立場にいるのかもわからなくなっている。敵味方の区別すらつかないのだ。

しかも、近ごろでは手元不如意になり、倒した相手の懐まで探るようになった。辻斬りとの区別さえつかない。

「浪士ですか」

と、目の前の武士は見沼に訊いた。

「馬鹿を言うな」

このところ浪士たちが組織されつつある。

だが、見沼は浪士ではない。

れっきとしたというとおかしな言い方になるかもしれないが、見沼は郷士である。その身分のまま手柄を立て、ふたたび故郷に帰るつもりである。

「春沢修吾と言います」

と、相手が名乗ると、

「見沼倫太郎と申す」

つられて名乗った。悪いヤツには見えない。

「この都には、いてはいけない気がします」

「どういう意味だ?」

「わけがわからなくなってきている。いろんな金ものをぶちこんで溶かするつぼみたいになっている。ここは熱いが、溶けてしまう。自分の心も、志も、何もかも……」

それは当たっているように思えた。自分の中にしっかりした背骨みたいな芯が無くなってしまった気がする。

「どうしたらいい?」

と、見沼は途方に暮れて訊いた。

「逃げるしかないでしょう。帰るしかないでしょう。帰るところは?」

「あるが」

　一瞬、山並みと江戸のにぎわいが浮かんだ。どちらもこの都とは比べられないくらい素晴らしいものに思えた。

「だったら、そこへ」

「馬鹿な……」

　いったい自分は何をしに、ここまで来たのか。

　と、そこへ――。

　喚（わめ）くような声がして、いなくなったと思ったさっきの三人の男たちが帰ってきた。三人は、竹筒の水を飲み、路上に置かれた丸太に腰をかけた。ここは大工の仕事場の裏手になっているらしく、材木だけでなく、丸太もそこここに転がっている。

　見沼が隠れたところからは、せいぜい三間ほどしか離れておらず、三人の話し声もよく聞こえている。

「なあに、そのうち出てくる。あいつはおそらく、道を知らない」

「ああ、わたしもそう思う」

「それより、中村（なかむら）の半次郎（はんじろう）どんが、江戸に下（くだ）ると言っているらしいぞ」

「こんなときにか」

「なんでも葵新陰流を倒すためらしい」

「葵新陰流？」

三人はひとしきり、その剣法に関する噂を語り合った。

将軍家にひそかに伝えられた最強の剣。なかんずく、〈風鳴の剣〉と称するわざは、どう戦っても勝つすべが見つからないという。

じっさい、これまでも柳生新陰流や肥後新陰流、あるいは北辰一刀流といった流派を代表する剣士がことごとく敗れ去ったらしい。

見沼は江戸にいて、そんな噂は知らなかった。

だが、たしかに膝元にいると、逆にわからない話というのはある。むしろ、遠く離れたところに真実は伝わっていたりする。

——そんな最強の剣があったなら、なぜ、それを引っ下げて表に出てこないのだ？

徳川家の力が信じられるなら、こんな世の乱れはなかったのではないか。

ふつふつと怒りも湧き上がってきた。

——葵新陰流……。

見沼はその名を胸に刻んだ。

かたっ。

と、音がした。

大工が、立てかけておいた板を一枚、作業場に運びにきたのだ。ところが、そこに武士が二人ひそんでいたので、

「うわっ」

と、悲鳴のような声を上げた。

向こうの三人がいっせいにこっちを見た。

「誰かいるのか？」

「あやつだ」

こっちに向かってくる。春沢が逃げろと目で合図をした。

だが、見沼は物陰から出た。逃げ回るのには飽き飽きしてきた。

「やる気か！」

「やってやる！」

——斬って斬りまくってやる。

見沼は叫びながら、突っ込んでいった。

相手が薩摩示現流（さつまじげんりゅう）独特の真上に突き立てるような構えを取る前に、駆け込み

ながら一人の胴を斬った。

だが、次の相手が振り下ろした剣の勢いは凄(すさ)まじく、受けた見沼の剣が折れた。手元に残った分は、一尺もなかった。

斬りかかられる。

「うわっ」

逃げようと背を向けた。だが、逃げ切れまい。背中をばっさりやられて、突っ伏す姿が見える気がした。

死ぬ、死ぬ、おれは死ぬ。おれは消える。それで全く無となるのか。

いや、怨(うら)みを残してやる。このくだらない世の中への怨みつらみで幽霊になってもとどまってやる。

そのとき、さっきの春沢という男も突進して来たのが見えた。

第一章　悪かった昔

一

酢のさっぱりした匂いがした。

岡っ引きの文治は、ちらりと実家の寿司屋〈すし文〉の調理場を見た。おやじが弟子とともに魚を酢と塩で締めているところだった。

平たい桶に、光るネタが敷き詰められている。

「しんこが出たかい？」

と、文治はおやじの文太に訊いた。七十を超えているが、元気に寿司を握っている。

「ああ。早く食わせろと、客がうるせえんだよ」

「その気持ちはわかるさ」

江戸前寿司の花形のひとつであるこはだ。その子どもはしんこと呼ばれ、夏の終わりから秋口（旧暦）にかけて出回る。これを楽しみにする寿司好きは多い。

見た目がまたいい。大人のこはだよりも、混じりけのない、きれいな白黒の模様。いかにも粋で涼しげである。

ただ、これは締める加減が難しく、職人の腕が問われるところである。おやじもそこらのところを、厳しく弟子に教えているようだった。

「文治。今年のはどうだ？」

さっと一つ握ってくれた。

こはだは寿司一つに二匹で握るが、こぶりのしんこは三匹で握る。見事な手つきである。これだけきれいに握る職人は、江戸広しとはいえ、文治は見たことがない。

それを口に放り込む。

「うまい」

文句のつけようがない。酢加減、塩加減、色と艶。そしてしんこの独特の歯ごたえ。江戸のいまどきの季節の味。寿司職人が江戸前の豊かな海に感謝をこめて捧げる味。

「文治。おめえに頼みがあるんだ」

「何だい？」

　こんなしんこを食わされると、どんな頼みも断われない。

　だいたいが、文治は跡継ぎなのに、ちっとも身を入れて寿司屋の仕事をしようとしない。岡っ引きに憧れ、家を抜け出しては同心の手先になって駆け回ってきた。

「おめえは捕物なんかより、寿司職人の才能のほうがあるんだがな」

　とはしょっちゅう言われてきた。

　これを言われると切ない。十手はお返ししようかと心が揺れる。

　だが、捕物と聞くとじっとしていられないのだからどうしようもない。寿司は握らなくても食わなくても、じっとしていられた。

　そんな後ろめたさもあって、おやじには頭が上がらない。

「おめえ、大文字屋は知ってるよな」

「もちろんだよ」

　新川にある酒問屋〈大文字屋〉からは、すし文で使ういちばんいい酒を仕入れている。ただ、伏見の名酒なので値も張る。それでも、ここの寿司とよく合うと、懐の温かい客には喜ばれている。

「あるじの嘉兵衛さんは知ってたな」

「ああ。何度か挨拶してるよ」

腹を割って話したことはない。だが、おやじが酒を仕入れるくらいだから、悪いことをしてでももうけようという商人ではないはずである。

「なんか、おめえに相談ごとがあるらしいんだ。行ってみてくれねえか」

「相談ごとねえ」

新川のあたりは、ほかの岡っ引きが縄張りにしているが、そう厳密なものでもなく、岡っ引き同士で挨拶さえしておけば、まず問題はない。大文字屋がつねづねかわいがっている岡っ引きがいたりすれば面倒だが、そういうことはないらしい。

「何がやれるかわからねえが、まずは話を聞いてみてだね」

と、文治は慎重に言った。

文治は新川へ向かった。

大川の下流にできた三角洲が次第に埋め立てられ、霊岸島ができあがった。この霊岸島を横に走る運河が二本あり、ひとつは日本橋からつづく流れの霊岸島新堀で、もうひとつが新川である。

川幅は新堀のほうがずっと広く、魚河岸へ出入りする船も多く通るので、往来は活発である。ただ、新川のほうは狭いが樽を山のように積んだはしけが始終、行き来していた。

新川は、両岸に酒問屋が多いことで知られた。山積みされた樽の中身は、京からの下りものの酒というわけである。

大文字屋は、その中では中堅どころくらいの酒問屋だろう。店構えもどちらかというと地味で、その分、堅実な商売を感じさせた。

「嘉兵衛さんは……？」

顔を出すと、すぐに見覚えのあるあるじが寄って来た。髪が薄く、小さくなった髷に愛嬌を感じさせる。

「これは文治親分、忙しいところを」

「とんでもねえ。こちらこそ、おやじがお世話になっていて」

「申し訳ないんですが、店の外へ」

「かまいませんとも」

ちらっと店の中を見ると、帳場にいた若い男がこっちに向かって軽く頭を下げた。

文治もうなずき返す。目尻の下がった目が、やさしさを感じさせた。

堀沿いにちょっと歩いて大川端に出た。見晴らしのいいところに水茶屋があり、風が気持ちいい。

「こんなところで申し訳ありません」

「なあに。それより、帳場に座っていたのは？」

「婿（むこ）なんですよ。この春にうちに入りました」

「ああ。そういえば、おやじから聞きました。あの方がそうですかい」

おやじの文太は祝言にも呼ばれ、いい酒を飲みすぎたとひっくり返っていた。次の朝の宿酔（ふつかよい）もなかったから、ほんとにいい酒だったのだ。

「新三郎（しんざぶろう）といって、よその店で手代をしてました。うちの娘がひどく気に入ってしまいましてね」

「それはなにより」

と、文治は笑った。じっさい、婿に入るなら、娘が惚（ほ）れていてくれるのがいちばんだろう。

文治は長男だからそんな話がくることはありえない。だが、どこかの岡っ引きの親分にたいそう美人の娘がいて、うちの跡継ぎになってくれなんて言われたら、まったく気持ちが揺らがないなんてことはないだろう。

「それで婿に取った次第です」

「おいくつで？」

「二十八です」

「娘さんは？」

「十八です」

十くらい違う夫婦はいくらもある。

「真面目そうじゃねえですか」

「はい。とにかくよく働きます。いい婿が見つかったと、わたしたちも何の文句もなかったのです。あとは、早く孫の顔を見せてもらいたいと思っていたのですが……」

嘉兵衛の顔が曇った。

「何かありましたか？」

「半月ほど前に、前ぶれもなく、新三郎の若いころを知っているという男が現われましてね……」

最初は、直接、大文字屋に来たのではなかった。ふらりと、新三郎が手代をしていた瀬戸物屋の〈生駒屋（いこまや）〉という店に顔を出した。

名は捨吉（すてきち）といい、新三郎とは同じ歳くらいである。

そこで、新三郎が真面目な働きぶりを買われ、大文字屋の婿に入ったという噂を聞き、

「変だな。あいつがそんなに真面目になっているなんて、絶対に何かある」

と、言ったのだという。

その話が、手代同士を通じて大文字屋の嘉兵衛の耳に入った。

「それは気になりますね」

と、文治は言った。

「ええ。婿を信頼しろと叱られそうですが、やはり気になります。婿に取るときはくわしく身元を調べたりもしませんでした。大坂生まれで二十歳前後に江戸に来たといいますから、昔のことはわからない。なにせ、娘がすっかり惚れこんで、いっしょにさせてくれの一点張りでしたから。だが、生駒屋さんでの働きぶ

りを聞き、あたしも会って話をし、これなら大丈夫と思いました。ところが、そんな話を聞きまして」

不安になったのだ。

これが婿に入る前なら、文治なども駆り出され、あの手この手で過去が洗われたことだろう。だが、新三郎はすでに正式な婿になっている。

「当人には？」

「ええ。二、三日悩んで、こういうことは直接訊いたほうがいいかと思ったとき、その捨吉さんがうちの店に現われましてね」

「ほう」

「挨拶はしませんでした。ちょっと遠くから新三郎と話をするのを見ていただけです」

「昔の知り合いというのは？」

と、文治は訊いた。

「それは本当でした。新三郎も懐かしげな顔で挨拶してましたから」

「なるほど」

「店を閉めたあと、どこかで軽く一杯やろうと誘っていましたが、捨吉さんは用があるのでまた来ると帰って行きました。咄嗟にあたしは、捨吉さんを追いかけました……」

新川には一ノ橋から三ノ橋まで三つの橋が架かっているが、嘉兵衛は二ノ橋のところで捨吉に追いついた。

「もし」

「なんですかい？」

「もしや、上方から来た新三郎の昔なじみの捨吉さんというのは？」

「ええ、あっしですが」

「じつは生駒屋さんから聞いたのですが、新三郎は若いうちはずいぶんいまとは違ったそうで……？」

「ああ、まあ、それはちっと」

言いにくそうにした。

なおさら、なんとしてでも聞きたい。

「いつごろの話ですか？」

「十五、六から二十歳くらいまででしょうか」

江戸に出てくる前の話である。

「そんなにひどかったので？」

「ひどかったですねえ」

「まさか、元はヤクザだったとか？」

と、嘉兵衛は恐る恐る訊いた。

二

新三郎に元ヤクザかと感じさせるものは何もない——と、嘉兵衛は思った。いっしょに湯に入ったことがある。家の風呂釜がこわれ、数日、湯屋に通ったときである。彫り物もなければ、おかしな傷もなかった。それに、指も落ちていない。すさんだ過去を持つ男にありがちな、すねたような目つきも感じない。

捨吉も苦笑いして、

「いや、そういうのとは違うんです。何というか、もっと箸にも棒にもかからない類（たぐい）です」

と、言った。

「くわしく聞かせてもらえませんか？」

「でも、あっしから聞いたと言われると……」

「いえ、それは絶対に言いません。新三郎に過去を問いただすこともしません。ただ、舅として知っておきたいだけなんです」

と、嘉兵衛はすがるように言った。

ただ、ほんとにひどい話になれば、問いただささないわけにはいかなくなるだろう。

「どうしようかなあ」

捨吉はほんとに迷っているふうである。

「なんとか」

「お舅さんなら知らないほうがいいような気がしますけど」

「いや、舅だから知っておかなくちゃならないのです」

嘉兵衛があまりに頼みこむので、捨吉は言うことにしたようだった。

「それじゃあ遠慮なく言わせてもらいますが、あいつはいまでこそ真面目だの努力家だのと言われているみたいですが、あっしが知ってた新三郎というのは、こつこつ努力をつづけるってことができないやつでした」

「へえ」

「とにかく長つづきがしない。すぐ仕事が嫌になって、子どもがおもちゃに飽きるみたいに、ぽいっと捨ててしまうんです」

「それは困るねえ」

と、嘉兵衛は顔をしかめた。そういう辛抱のできない男は大嫌いである。商人としても先行きは不安である。

「しかも、変な仕事にばかり憧れるんです。そういえば、おれは噺家（はなしか）になるんだと息巻いていたことがありましたっけ」

「噺家といったら、芸人じゃないですか……」

そんな浮き草稼業に憧れるような男は、すくなくとも嘉兵衛の親戚縁者には一人もいない。

「芸人です。だが、新三郎は芸人こそ最高の世渡りだと」

「それで、どうなりました？」

「だって、とくに話がうまいわけでもなけりゃ、冗談がむちゃくちゃ面白いわけでもねえ。ものになんてなるわけねえでしょう。ふた月ほども修業しましたかねえ。破門されたって嬉しそうに言ってました」

「嬉しそうにね」

いかにもちゃらんぽらんな若者の姿が目に浮かぶようである。

「そういえば、相撲取りをめざしたときもひどかったです」

「相撲取り！」

　これには嘉兵衛もびっくりした。

「上背はあるが、痩せてるじゃないか」

「ええ。あのころも痩せてました。ただ、上背はどうにもならないが、目方は食えば増える。かんたんだと」

「そんな馬鹿な」

「飯を一日五度食いまして、まず五貫ほど（十八、九キロ）肥ったんです。あいつは、見かけだけはすぐに立派になるところがありましてね。いまもそうでしょう。ちょっと見には、もう立派な若旦那ですよ」

　嘉兵衛は内心でうなずいた。

　たしかにどこへ出しても恥ずかしくない。

「それで相撲のほうは？」

「もちろん番付に載るとか、そんな格じゃねえですよ。身体だけは立派になって入門も許され、厳しい稽古に十日も耐えましたか。でも、皆が巡業に出るという前の日に逃げ出しました」

「やっぱりね」

嘉兵衛は相撲部屋をのぞいたことがある。

殴る蹴るは当たり前である。足で顔を踏みつけ、土俵にこすりつける。青竹であざができるほど叩く。

ほとんど拷問である。

あの厳しい稽古に耐えるのはとてもじゃないが、遊び半分でやれることではない。

「ああ、それと……」

「まだ、何か？」

「仕事とは関係ねえと思いますが、あいつの部屋の汚かったのを思い出しました」

と、捨吉は苦笑しながら言った。

「そんなふうには」

「見えねえでしょう？　ところが、部屋は汚いし、臭いのなんのって。とにかく、道端から何でも拾ってくるんですから」

「それはまた」

と、嘉兵衛は眉をひそめた。酒だって口に入れるものである。爪に垢がたまった男の売る酒など誰が買うものか。きれい好きじゃないと、商売のあちこちにも影響が出てくるだろう。

「女癖は？」

そこは娘のためにも心配だった。もしもそれがよくないようだと、必ずそのうち問題を起こす。吉原で蕩尽する。妾を何人も囲う。かわいい娘を泣かせる日は確実にやってくる。

「女癖はそうでもなかったですね」

「そうですか」

いくらかほっとした。

「ただ、金には汚かったですよ」

「金に」

それがいちばん意外である。

もうすこし欲が出てこないと駄目だと思っていた。

「細かい金にはそうでもねえんですが、いつも大金を動かすことを夢見てましたっけ」

「ううむ……」

　嘉兵衛は婿の意外な過去と性格に、しばらく呆然としてしまった。

「じゃあ、まるっきり違うと？」

　そのときの話を一通り聞き終えて、文治は尋ねた。

「違いますよ。いまの新三郎は辛抱強いし、ちゃらんぽらんなところもまったくありません。寄席や相撲にも興味を示したところは見たことがありません。同じ人間とは思えないくらいです」

　たしかに、帳場に座っていた姿も落ち着いたものだった。

「ということは……」

　と、文治は腕組みをし、しばらく考えてから、

「じつは別人なんじゃねえですか？」

「別人といいますと？」

「捨吉が知っている新三郎と、いま大文字屋さんにいる新三郎は違う人間なんですよ」

「え？」

と、大文字屋嘉兵衛は目を丸くした。

文治は近ごろ、南町奉行所見習い同心の、福川竜之助（ふくがわりゅうのすけ）の発想術みたいなものに影響を受けている。

新しい視点。大胆な仮説。

竜之助はそれらを手がかりに珍事件、難事件をいくつも解決してきた。

それをやってみよう、と文治は思った。

三

水茶屋から大川の流れを眺めながら、文治はぼーっとした目をした。福川竜之助も何か考えごとをするとき、傍（はた）から見ると単にぼんやりしているように見えるときがある。あれは、常人には思いつかない新しいものの見方をするコツのようなものではないか。

大川が小さく波立っている。

いまはここらあたりで、川の流れと満ち潮とが押し合っているらしい。風に潮の匂いが混じったり消えたりする。

捨吉が知っていた新三郎と、いま大文字屋の婿になっている新三郎は、別人だとする。

だが、婿の新三郎も、ちゃんと捨吉のことは知っていた。

これはどういうことなのか？

川面を眺めながら、文治はひたすら集中して考える。こんなに一生懸命考えたのは、去年の暮れに霊巌寺の富くじを買うとき、連番で買うか、バラで買うか、迷ったとき以来ではないか。

上流から二艘の小舟が並んでやってきた。

船頭同士、仲がよく、しゃべりながらきたらしい。

かもめが二羽、並んで飛んできて、二本の杭に同時にとまった。

「あ！」

思わず声を上げ、ぽんと手を叩いた。

「どうしました、親分？」

「大文字屋さん。この話の裏には新三郎のほかに新二郎がいますぜ」

「新二郎？」

「ええ。双子なんですよ。名前はわかりません。でも、仮に新三郎の双子の兄弟がいて、そいつを新二郎ってことにしときましょう。そっちのほうは、捨吉が昔、知っていた新二郎なんです」

突然、思い浮かんだことだが、口にするとこれしかないように思えた。

双子は縁起がよくないと嫌う向きもある。

だから、一歳違いの兄弟としていっしょに育てた例も知っている。

「はあ」

「二人は顔こそそっくりだが、性格はまるで似ていない。双子というのは意外にそういうものだという話を聞くでしょう。しかも、友だちの前には悪戯ごころを起こして、いっしょには現われなかったりしていた」

「それだと、婿の新三郎が捨吉を知っていた理由も納得できますね」

「そうでしょう。大文字屋さん。このことは、腹におさめておいてもらえますか？　あっしが確証を得るまで」

「わかりました」

と、嘉兵衛はうなずいた。

「おや、あれは……」

と、文治が新川のほうを指差した。

新三郎がやって来るところだった。永代橋のほうへ向かうらしい。荷物は何も持っていない。

背がすらりと高く、いい男である。しかも、やさしげである。大文字屋の娘が熱を上げたのも無理はない。

「新三郎」

嘉兵衛が水茶屋の前に立って、声をかけた。

「あ、旦那……いや、おとっつぁん」

まだ、呼びなれないらしい。

「どこかに行くのかい？」

「ちっとだけ近くに出てきます」

「ああ、いいとも」

嘉兵衛は気難しそうなようすもなくうなずいた。

番頭もいるだろうし、新三郎がいなくても困るようなことはないのだろう。

ただ、新三郎のようすは、なんだかこそこそしていた。

「怪しいですね」

と、文治がよしずのわきから顔を出して言った。

「ええ」

「捨吉にでも呼び出されましたかね？」

「あっ、それは考えられますね」

「あとをつけてみましょうか？」

「お願いします」

よしずの陰に入っていたので、文治の顔は見られていない。店でもちらっと顔を合わせたが遠くからである。正面から向き合ったりしなければ、文治を判別することはないだろう。

すぐにあとを追った。

新三郎は永代橋の手前にある甘味屋に入った。

知らない店である。知っていると、「親分」などと声をかけられて、尾行でもなんでもなくなる。

戸は開け放しになっていて、新三郎が窓辺に座ったのも見えた。女が先に来て待っていたらしい。

もしかしたら、大文字屋の婿に入る前に、捨ててきた女かもしれない。

文治はさりげなく中に入り、声が聞こえるあたりに背を向けて座った。

「何にしましょう？」

あるじが寄って来て訊いた。

壁に貼られた品書きを見て、

「あ、ここは甘味屋か」

と、文治は顔をしかめた。

「ええ」

「甘くねえ汁粉ってのはねえかな」

甘ったるいものを食うと、その日一日、胃がむかむかする。

「そば屋に行って、しょっぱくねえそばを頼んでくださいよ」

甘味屋のあるじは無表情のまま言った。

「そうだよな」

「ところてんの甘くねえやつならできますぜ」

「そうなのか」

ふつう、ところてんは砂糖をかけて食う。これがまた駄目で、甘くてぬるぬるしたものは、なめくじを食っている気分になる。

「酢醬油で食うとさっぱりするんで」

酢と醬油はいい。おかずがないときは、この二つをかけて飯を食う。

「じゃ、そいつを」

頼み終えたとき、

「あたし、おとっつぁんに文句言う」

と、新三郎の前に座った女が大きな声を出した。

「しっ」

と、新三郎が注意をすると、すぐに声の大きいのに気づいたらしい。ささやくような声になって、

「おとっつぁんは言わなきゃわかんないのよ」

と、娘は言った。

文治は聞き耳を立てる。

「駄目だよ」

「だって、新三郎さん、働きすぎだよ。あたしと外でお汁粉食べるのも遠慮してるじゃない」

「それはしょうがないさ。いまは店のことを覚えるのが第一だし、おいらの代で土台が揺らいだなんて世間から言われたくないし」

「その気持ちはわかるけど」

　どうやら女は大文字屋の娘らしい。

　目を引くような美人というほどではないが、どことなく嘉兵衛に似た愛嬌も感じられ、充分に愛らしい。これなら新三郎も、とくに家や財産がついてなくても、いっしょになったのではないか。

「働きすぎ。小僧だって新三郎さんほどは働かないわ」

「そこまでじゃないさ」

「ううん。小僧にはおやつを食べる時間があるもの」

　家では話しにくいというので、どっちかが外に呼び出したのだろう。

「もうちょっと待ってくれよ。いま、必死になって店のことを覚えてるので、あと三月もしたら、こんなふうに息抜きできる暇もつくれるはずだから。それに、じっさい仕事が面白くなってきたところなんだよ」

　そんな新三郎の言葉に、文治は感心した。じつにたいしたものではないか。

　うちの寿司屋も、おいらみたいなのじゃなく、あんな跡継ぎが欲しかっただろう。

「あたしは、新三郎さんの身体が心配で」

　と、娘が言った。

「それは大丈夫さ。おいらはこう見えても、若いときに相撲取りに弟子入りしたこともあるくらいなんだぜ」

「ええっ、新三郎さんが相撲取り！」

「そう。どすこい、どすこい」

と、土俵入りのようなしぐさをした。

「信じられない」

「もっとも、稽古がきつくて十日やそこらで逃げ出しちまったんだけどね」

と、新三郎は照れて笑った。

「そりゃそうよ。相撲取りは大変よ」

別段、そのことについては隠し立てする気もないらしい。

とすると、相撲取りに弟子入りしたのは新三郎で、あとのことが新二郎のことなのだろうか……？

四

徳川、いや福川竜之助の八丁堀（はっちょうぼり）の役宅を、田安（たやす）家の用人で、子どものときから竜之助の世話をしてきた支倉辰右衛門（はせくらたつえもん）が訪れた。このところは、いつもなんらかの変装をほどこしてやって来るが、めずらしく素顔のままである。

曇りの日の日蝕(にっしょく)のように深く悩んだ顔をしている。

奉行所から夕飯を食うためにもどって来ていた竜之助は、玄関先に出てくると、

「どうした、爺(じ)ぃ？」

思わず心配になって訊いた。

「ああ、若。今日はおられましたか」

「うん。また、出かけるつもりだがね。それより、そんな顔して歩いてちゃいけねえなあ。爺ぃがそんな顔をしてると、変装などするよりずっと別人みたいだぜ」

「世の混乱を思ったら、変装なんかしている場合ではありませんよ」

「混乱？」

この十日ほど、江戸ではとくに変事は起きていないはずである。それとも、お城の北の丸界隈(かいわい)では、何か騒ぎが持ち上がったのか。

「ええ、京都のことです」

「ああ、京都か……」

京都はいまや地獄と化している。果てしない暗殺の繰り返し。斬奸状などという物騒な散らしがばらまかれ出した。そうした噂は竜之助の耳にも届いている。

傷ついて帰って来る者も多い。

田安家の家臣や、支倉の縁者にも、そうした若者が何人かいるらしい。

「風雲に乗じて一旗……と考えたが、いざ行くと、状況はわけがわからないし、正義が行なわれているのかどうかもわからない。京都はそういうありさまです」

「ああ」

竜之助の顔も曇る。

同じ年ごろの男たちが、京都で苦しんでいる。それを愚かとあざ笑う気持ちはまったくない。

「近ごろは、江戸でも徳川家がしっかりせぬからだ、という声が聞こえていますす」

と、支倉は憤然とした口調で言った。

「だが、徳川家も責任から逃れるわけにもいくまい」

「若もそう思われますか」

「思うよ」

竜之助は大きくうなずいた。誰にかつがれたわけでもない。徳川がつくった幕府である。世が乱れれば、最初に責を問われるのも、徳川家であろう。

「わたしも、そういう者たちの気持ちはわかります。共感するところもあります。だから、こうして悩んでいるのです」

「ううむ」

竜之助も気持ちはわかる。

ただ、こういうときこそ、落ち着きが肝心なのではないか。

「ですから、若にはそろそろ同心などやめていただき、ぜひとも政にご参加いただきたいのです」

と、支倉辰右衛門は、にじり寄るようにして言った。

「政ねえ」

「待っている者は大勢います。このあいだも、小栗に訊かれました。竜之助さまに中枢に出るお気持ちはないのかと」

小栗とは、小栗上野介のことである。南町奉行時代に、竜之助を同心に組み込んでくれた。他の者なら責任を取るのが怖くて絶対に逃げたことだろう。あるいは上に訊ねただろう。小栗は一存で決めた。小栗でなければできない大胆な人事だった。

「なあに世辞だよ」

「小栗は生き急いでいるようなやつです。世辞など言っている暇はありませぬ」

小栗の生き方を見ていると、そうかもしれないと思える。

「だが、おいらは嫌だぜ」

と、竜之助はきっぱりと言った。

「どうしてですか？」

「そんな柄じゃねえもの」

裃を着て、お城の上から四方を眺め、痛みも苦しみも感じないまま方向を指し示す。そんなことは真っ平だった。

小栗のように、波濤を越え、海彼の人々まで見てきた男なら、それはできるかもしれない。だが、まだまだ江戸の町さえ歩き尽くしていない自分が、そんなことをしていいわけがなかった。

「いや、柄はおありです。いま、お城で面をつき合わせて議論なんぞしているやつより、はるかに大きな柄をお持ちです」

と、支倉は子どものときに竜之助をほめてくれた口調そのままに言った。

「それにさ、徳川の世はたぶん終わりにしたほうがいいんだよ」

と、竜之助は言った。これは、爺ぃにはあまり言いたくなかった。がっかりするのが目に見えている。だが、言わなければ、議論は終わらない。

「何ということを」

「その終わりかたが問題で、京都で起きているように、江戸の町も治安が乱れてくる。それで、罪もねえ民がおかしな巻き込まれかたをしちゃいけねえ。だから、おいらなりに毎日、駆け回っているんだぜ。こんなやり方で、政には参加してるつもりなんだけどねえ」

と、竜之助はすこし悲しげな顔で言った。

「ううう」

支倉の顔は、夜中の月蝕（げっしょく）のようにいっそう暗くなった。

五

「よう、爺ぃ、元気を出しなよ。うまい酒と、うまい寿司で気をまぎらせて。今夜はおいらがおごるからさ」

そう言って、竜之助は支倉辰右衛門を〈すし文〉につれて来た。前から、うまい寿司屋には行ってみたいと話していた。

やよいもいっしょである。

「よろしいんですか、若さま？　わたし、腹いっぱい食べると凄いですよ」

と、歩きながら、嬉しそうに訊いた。やよいの大食いは薄々、気がついている。おひつにずいぶん残っていたはずの飯が、しばらくして空になっていたりする。

「さあ、ここだ」

と、神田旅籠町の〈すし文〉の前にやって来た。

「こはだの子どものしんこが旬で、ぜひ来てくれと言われてたんだ」

「ほう」

支倉の顔にようやく明かりが差し、

「ごくっ」

やよいが唾を飲む音がした。

のれんを分ける前に、竜之助は後ろを振り向いて言った。

「くれぐれも、身元がばれるような余計なことは言わぬよう頼むぜ」

「わかっております」

と、支倉はうなずいた。

「おりますじゃねえだろ」

「わかっておる」

胸を張るが、なんか危なっかしい。

やよいのほうはうまくやってくれるだろうが、ただ酔ったときもそうかは自信がない。

「へい、いらっしゃい」

おやじの文太の威勢のいい掛け声に迎えられた。

調理場のすぐ近くに置かれた大きな樽の前に座った。ここだと握った寿司をすぐ食べることができるので、竜之助もたいがいここに座ることにしている。

「一通り握ってもらってから飲もうかな」

と、竜之助が言うと、

「じゃあ、まかせてもらいましょう」

文太は嬉しそうに言った。

まずは、旬のしんこから握ってもらう。

「きれい！」

やよいが思わず声を上げた。

「こ、これはうまい……」

爺ぃも満足げである。

次は白身の魚だが、皮目のところは赤い。口に運んで、

「極上のぶりかな？」

と、爺ぃが訊いた。

「いえ、ひらまさで」

「これがひらまさか」

「これもきれいねえ」

と、やよいが言った。女はまず、見ためで食べるのか。

つづいて、あわびだが、生と蒸したものが並んで出た。

生のあわびは強い歯ごたえが何とも心地よく、蒸したものは甘味が強い。どっちもうまくて甲乙つけがたい。

つづいて、色鮮やかな車海老（くるまえび）が出て、しゃこ、ウニときた。しゃこにつけた甘からいツメが何とも言えずうまい。

「これはかつおです」

文太が言うと、爺ぃが初めて不満げな顔をした。

「いまどきはもどりだろ？」

「ま、召し上がってから」

やよいのほうが先につまむと、

「あ、おいしい」

「どれどれ、ほう」

「どうです、うまいでしょ？」

「うまいのう」

「もどりがうまいと思えれば、身体が若い証拠ですよ」

文太がそう言うと、爺ぃもやよいもひどく嬉しそうな顔になった。

竜之助もここでもどりがつおのうまさを教わってから、寿司の中でも一、二を争うくらい好きになった。

最後にもう一度、しんこ。そこから酒。

うまい寿司にうまい酒。

文太もやよいもたちまちでき上がってしまう。

「いやあ、若にこんなおいしいものをごちそうしてもらえて、爺ぃは長生きしてよかったですぞ」

支倉がそう言うと、

「若？」

「あっ」

文太が首をかしげた。

竜之助はあわてた。

「爺ぃ？」

文太は支倉をじっと見つめた。

「あっはっは、この方は酔っ払うと誰でも若さまにしてしまうんだ。そうだ、支倉さま。いっそのこと、若さまと爺ぃやごっこをしましょうか？」

と、竜之助は支倉を突っつきながら言った。

「ごっこって、あっはっは、若は何をおっしゃる」

「よおし、その調子だ」

「あ、ごっこね」

と、文太も納得した。

なんとかごまかせたらしい。

そのとき、文治が入ってきて、

「あれ、福川さま。ここにいらっしゃったので？　お捜しして、八丁堀のほうもうかがったのですが。なんだ、お女中まで」

「捜してたって、何か起きたかい？」

「いえね、あっしが関わったことで、ちっと相談したかったんで」

文治は、今日の見聞を語り出した……。

六

「双子！」

竜之助は飲みかけていた酒に噎せそうになった。

「ええ。それだと、いままで話したいろんな矛盾もなくなるんでさあ」

「それはおいらも思ってもみなかったなあ」

じつは世の中のいろんな謎が双子というカギを使うとかんたんに解けたりする。解けはするが正しいとは限らない。双子はそうたくさんいるわけではないからである。

だから、竜之助などは、逆に双子という仮説は、立てないようにするくらいである。

「そうですか、福川さまもね」

と、文治は嬉しそうな顔をした。

「そういうこともたしかにあるかもしれねえよ」

「でしょ」

「ただ、おいらは昔の新三郎と、いまの新三郎が同じ人間だとしても、別に不思議には思えねえけどな」

「え？」

「だって、よくよく考えると、誰にもそういうところはあるんじゃねえのかい。それがどこかで大きく変わったり、落ち着いてきたり、あるいは自ら学んだことを言い聞かせたりしながら、成長してきた。みんな、大人に呆（あき）れられ、心配をかけ、徐々に一人前になってきた。まさに、新三郎って人もそうだったんじゃないのかなあ」

竜之助がそう言うと、それまでぼんやりしていた支倉の爺ぃが急にしゃきっとした視線になって、

「まさに」

　と、手を叩いた。はじめのころの文治の話を聞いていたとも思えないので、竜之助の話の中に、何か感じ入るところがあったのだろう。

「文治。おれもそう思うぜ」

　文太も賛成した。

「おやじも……」

「おめえだって、いまでこそ生真面目一本槍みてえなツラしてるけど、舟かっぱらって沖に出て、もどって来れなくなったのは誰だったたっけ」

「あ」

　あのときは神奈川沖で漁師の船に助けられた。あの船と出会わなかったら、いまごろは頭の中にタコが棲(す)みついているかもしれない。

「贋(にせ)の十手を持ち歩いていたときもあったよな。あれなんざ、見つかってたらいまごろ、岡っ引きなんかしていられたかどうか」

「ほんとだ……」

　あのときはもう十六、七になっていた。それで隣町のワルを脅したりもした。

　文治は顔色を失(な)くしている。

「若いときは愚かだった」

支倉が歌うように言った。

「まったくで」

と、文太はうなずいた。

「こんなうまい寿司を握るそなたでもか？」

「どれだけくだらねえ回り道をしたか。それでこの程度の腕じゃ恥ずかしいくらいでさあ」

「そんなものさ。わしも偉そうなことが言えるほどの過去はないのさ」

支倉と文太は、すっかり意気投合したらしい。

竜之助がちらりとやよいを見ると、わきの小座敷で横になって寝てしまっている。この女の場合、ほんとに眠っているのか、疑ってみる必要があるが、よだれまで垂らして見せる必要はないので、ぐっすり寝入っているのだろう。

「てえことは、このままうっちゃっといても、別にどうってことはありませんね？」

と、文治は言った。

「いや、そうじゃねえ。おいらも、なんか起きそうな気はする。どこかに思惑が隠れているかもしれねえ。文治もそれを感じ取ったから、双子説なんてのをひねり出したんじゃねえのかい？」

「怪しいのは捨吉ですか？」

「いまのところ、捨吉しかいねえがな」

「双子の新二郎は？」

　文治はまだこだわりがあるらしい。

「新二郎については、じっさい現われたときにまた考えようぜ」

　と、竜之助は苦笑して言った。

「わかりました。では、誰の思惑かはわからねえが、そいつはまた接近してきますね」

「ああ。本当の狙いはこれから明らかになるんだろうな」

　世の中の悪事のほとんどは、金か男女のもつれから起きると言う人がいる。先輩同心もそう言う人が多い。

　だが、竜之助はそう思わない。人の心は複雑である。何がきっかけで暴走するかはわからない。予断があってはならない。

「捨吉をふん縛りますか？」

「まだ、何もわからねえのにかい？」

「いくらなんでもまずいですね」

「しばらく、あの店に入り込むのがいちばんだろうな。よし。おいらが行くか」

文倉の爺ぃの影響というわけでもないだろうが、近ごろ変装が楽しく思えてきた。酒問屋の手代なんていうのはぜひ経験してみたい。

「いや、そんなこと、旦那にさせるわけにはいきません。あっしが」

文治が大文字屋に手代見習いとして入り込むことになった。

七

三日後——。

近くのそば屋で竜之助が待っていると、ふわふわした足取りで文治がやって来た。

「なんか、おかしな腰つきだな。踊りでも踊りすぎたかい？」

と、竜之助はからかった。

「だって、一日中、酒樽を転がしてるんですぜ。また、あの若旦那は、いいやつなんだが、人づかいが荒くてね。あっしはまだ、コツを飲み込んでねえので、疲れるのなんのって、あ痛たたた……」

と、文治は腰に手をあてた。

酒屋の手代や小僧が酒樽を転がすところは見たことがある。斜めにして、縁のところを車輪のように回す。見事なもので、たしかにあれにはコツが必要だろう。

「あ、それよりも旦那、ついに来ました」

「うん」

と、竜之助はうなずいた。来るのはわかっている。どんな手口で来るのか。

「今朝、若旦那が出かけてるとき、二人組の岩二と全作というのがやって来たんです」

「あらたに二人加わったってわけだな」

「あっしが若旦那は出ているというと、嫌な目つきで店中を見回し、また来ると言って、帰って行きました。ただ、二人とも、たいして凄みはなく、台詞がなんだか稽古したような棒読みでした」

「なるほど。それは稽古してきたに違いないぜ」

と、竜之助はうなずき、

「それだけじゃねえだろ？」

「そうなんです。それから半刻（一時間）ほどすると、今度は捨吉が来まして、若旦那はいませんか、ちっと気になることがあるもんでと、嘉兵衛さんに訊いたんです」

「なるほど、そうきたか」

二人が引っこみ、次に別の男が現われる。

芝居の舞台のようである。

ということは、筋書きが練られているのだ。

「嘉兵衛さんに話してやるよう目配せをしたので、岩二と全作というのが来たことを捨吉に告げました。すると、捨吉の野郎、びっくりした団十郎みてえなツラしやがって、岩二と全作が……あいつら、やっぱり江戸にもどって来たのか、とぬかしやがったんで」

「嘉兵衛は怯えただろう？」

「そりゃあ、もう。すると、捨吉は、若旦那にとってまずいことになるかもしれねえと」

「常套手段だな」

と、竜之助は笑った。

「とりあえず、あいつらのことは、魂胆がわかるまで、新三郎には言わないでおいたほうがいいですよと、捨吉は言いました。もしかしたら、新三郎とつるんでいるかもしれねえので、とも言ってましたっけ」

「逆に、言われたほうが都合が悪いからな」

「そして、捨吉は最後に、いかにも思わせぶりにこう言いました。まさか、あいつら、あのことを言うつもりじゃないだろうな……と」

「手口は見えたな」

と、竜之助は自信たっぷりに言った。

この一件については、隠された狙いはありきたりの金がらみになりそうである。

「そうですか、あっしにはまだ何とも」

双子がからまないのが気に入らないようすもある。

「若旦那がお調子者だったころ、かかわった悪事がある。それをばらされたくなかったら金を出せと岩二と全作は強請る。おそらくかなりの大金を要求するだろうな」

「なるほど」

「すると捨吉がその件はまかせてくれと。おれだったらその四分の一ほどでおさめてやるからとなるのさ」

「それを懐にどろんというわけですね」

「そういうわけだ。若旦那はほとんど何も知らないうち、嘉兵衛がだまされる。手堅い商人の痛いところを突きやがる」

と、竜之助はつまらなさそうに言った。

八

じつは、そこからが竜之助の予想といささかなりゆきが違った。

岩二と全作は、竜之助の予想では、新三郎がいるときは現われないはずだった。たいしたことでもない悪事の影を大きく見せるには、役者ははっきり姿を見せないほうがいい。

ところが、岩二と全作は新三郎が帳場にいるときにやって来て、

「おっ、新三郎。ひさしぶりだなあ」

まるで、芝居の切られ与三のような台詞を言ったのである。

「え」

新三郎は入り口の二人づれを見て、怪訝(けげん)そうな顔をした。はて、誰だったかと思い出そうとしているのかもしれない。

「赤坂山(あかさかやま)は……」

と、岩二が言うと、

「駕籠(かご)で越えますかい？」

全作が言った。

その言い回しも、明らかに歌舞伎調である。

だが、じっさいの芝居の台詞としては聞いたことがない。流行(はやり)の新作の台詞にそんなのがあるのか。

すると、新三郎の顔は真っ青になってしまったのである。

それは、ただごとではなかった。

この顔色は嘉兵衛も見ていた。

――この婿には、やはり、人には言えない過去がある。

そう思ったに違いない。むろん、文治もそう思った。

やがて、新三郎は憂鬱(ゆううつ)な顔でお得意先回りに出かけ、それを見計らっていたのだろう、捨吉が入れ替わるように現われた。

「何かありましたかい？」

と、とぼけた顔で訊いた捨吉に、

「赤坂山は、駕籠で越えますかい？　という台詞を聞くと、新三郎は真っ青になりまして……」

と、嘉兵衛が告げた。

「ああ、やっぱり」

「と言いますと？」

「前にも言いましたが、新三郎はワルというより、ただのお調子者でした。それでも人には魔が差すということがあるんでさあ」

「どんな魔が……？」

「新三郎は二十歳くらいのとき、京都のとある大店で取り込み詐欺をしたことがあるんです。赤坂山ってえのは京都から越前や若狭に行くときに通る山ですが、ほんとの山は関係ねえ。その詐欺のときに使った合言葉だったんです」

「だから、あんなに真っ青に……」

「詐欺の額はせいぜい五、六両。たいした額ではねえが、いま、それを知られたら、新三郎は何もかも失うことになるでしょう」

「どうしましょう?」

　捨吉が真実を語っているとは限らないと知っているはずなのに、それでも嘉兵衛は本気で怯えたようすで訊いた。

「もちろんやめさせます。あいつらには何言ってきても、金を出してはいけませんぜ。一度出すと、今度は終わりのない強請りが始まります」

「わかりました。だが、金を一文も使わないというわけには……」

「ううん。そこは交渉次第ということで」

　捨吉はそう言って、大文字屋を去った。釣り針に餌(えさ)をつけて魚を釣るように、おなじみの段取りである。弱った鯛を浮かせて、海老をいっぱい喰いつかせようかというような意外性はどこにもない。

　そのあとを、町人ふうのなりに扮した竜之助が追いかけて行った。

九

　その日のうちである。

　薄暗くなった永代橋を、同心姿にもどった竜之助と新三郎、それに手代のなりのままの文治が渡っていた。

眼下の大川を屋形船が通りすぎる。いかにも楽しげな笑い声が橋の上まで聞こえてくる。だが、竜之助の気持ちはそんな光景とはほど遠い。これから悪事を明らかにする。悪事には、舟につく水苔（みずごけ）のように必ず切なさがつきまとう。

「まあ、よかったじゃねえか。捨吉が金を要求する前にケリをつけられる」

竜之助は歩きながら自分に言い聞かせるように言った。

「はい。いくらくらい持ち出すつもりだったのでしょう？」

と、新三郎が訊いた。

「芝居で強請った額は？」

「百両でした」

「じゃあ、それをうまいことおさめるからと、二十両ってとこかな」

「そうですか」

新三郎は微妙な顔をした。

赤坂山は……駕籠で越えますかい？　この台詞は、新三郎が若いころに、戯作（げさく）者（しゃ）をこころざしたとき、初めて書いた芝居に出てくる台詞だった。

それは悪党たちがあばれまわる、あまり教訓的とは言えない内容の芝居で、あのまま舞台にかけていたら、顰蹙を買っていただろう。いきなりそれを持ち出された若旦那は、真っ青になってしまったというわけである。

捨吉はその驚く顔をあるじの嘉兵衛に見せておいて、いっきに強請りに出る魂胆だったのだ。

新三郎から芝居の台詞ということを聞き、嘉兵衛は安堵のあまり、腰を抜かしたほどだった。もちろん、新三郎に後ろめたい過去はない。

「じつは……」

と、新三郎は口ごもった。

「どうしたい？」

「おやじさんがあまりにも安心したので言いにくくなったのですが……」

「まだ、何かあるとして、捨吉の長屋はすぐそこだぜ」

永代橋を渡り、海側へ右に曲がったところの深川熊井町。ここらは漁師町だが、呉服の行商をしている捨吉は、ここの古びた長屋に住んでいる。

路地木戸をくぐるとすぐ、文治の足が止まった。

「旦那。その家の中……」

と、手前の家を指差した。

「岩二と全作か」

男が二人、笑っていた。

悪党そうには見えない。気のいい駕籠かきの相棒同士といったところだろう。

「やっぱりな」

と、竜之助は言った。

同じ長屋の者に頼んで小芝居をやってもらったのだ。

「いるかい？」

開け放しだった玄関を先に新三郎がくぐると、中にいた捨吉がぎょっとした顔になった。つづいて手代姿の文治が入り、竜之助は中まで入らず、戸口のところへもたれかかった。もちろん、中の捨吉にも、おなじみの八丁堀同心の姿は見えている。

「もう、何も言うのはやめようよ、捨さん」

「え……」

「これは、大文字屋から娘さんへの見舞金だ」

新三郎がそう言うと、文治が袱紗（ふくさ）に包んだ小判を差し出した。

捨吉はその包みを見、さらに後ろで寝ている娘を見た。娘はまだ、七、八歳くらいか、熱があるらしく、濡らした手ぬぐいを額に乗せている。ぐっすり寝込んでいるらしいが、雑巾のようになった布団が哀れだった。

「長いのかい？」

と、新三郎は訊いた。

「半月ほど。医者に診せられねえのでこじらせちまったみてえだ」

捨吉は折れ釘みたいにうなだれて言った。

娘が十日も苦しんでいるのを見たら、親はどんなことだってやってしまう。けっして金が目的なのではない。

「十両ある」

と、新三郎は言った。

「十両……」

「予定した金額より少なかったかもしれねえ。でも、まだ実績のない婿で、それくらいしか都合できねえんだ」

「そんな……」

「あっしがこうしていられるのは捨さんのおかげだ」

「え？」

「いま、こちらの同心さまにお話ししようと思っていたんだが、あのとき、捨さんが止めてくれなかったら、間違いなくいまのあっしはなかっただろう」

と、新三郎は嚙みしめるような口調で言った。

竜之助はかすかに目を瞠(みは)った。芝居の上の話ではなかったのか……。

「そんなことはねえ」

「いや、そうだ。あのとき、あっしは書き上げた最初の芝居に興奮し、読み返すうちに芝居ではなく、ほんとにやれるんじゃないかという気になっちまった。取り込み詐欺を題材にした芝居だった。出来はそう悪くなかったと思う。だが、じっさいにやれるもんじゃねえ」

「まあな」

「ところが、あっしは捨さんもよく知っているように、とことんお調子者だった。やれると思い込んで、捨さんにも相談を持ちかけた」

「そうだったかな」

と、捨吉はとぼけた。

「仲間があと二人、加わるはずだった。あっしは本気だった。自分でも怖かったんだよ。落とし穴に、吸い込まれていくようで。捨さんが止めてくれなかったら、あっしはやったと思う」

「そんなことはねえ」

と、捨吉は強い口調で言った。

「いや、いまでも忘れられねえ、あのときの捨さんの台詞は。やったら、終わりだぜ。万が一、成功しても、逃げつづける日々が始まる。罪の意識にもさいなまれる。やってよかったとは、けっして思わないはずだ。そう言って止めてくれたよ」

「そのおれがさ……」

捨吉はつらそうに天井を見上げた。同じことをしようとした。

「いや、それを言っちゃいけねえ。これは、あのときのお礼だ。受け取ってください」

と、新三郎は頭を下げた。

十両は家族が一年間、なんとか食っていける金である。

子どもを医者に診せ、しばらく滋養のあるものを食べさせることもできる。

「捨吉。そういうことだ。いいな」

と、竜之助はかすかに微笑(ほほえ)んだ。

肩が震えだしたのを見て、竜之助は踵を返した。

夜風はさっきよりも爽やかに感じられた。永代橋の下を屋形船で横切るより、こうして橋の上を歩くほうがずっと気分がよさそうだった。

月は高いところにあり、三人の影がずいぶん寸詰まりに見える。

それは木の葉の小判を握りしめ酒を買いに行くたぬきの仲間たちのように微笑ましい光景でもある。

新三郎もさっぱりした顔になっている。

「文治。おめえの手柄は消えちまったが、いいだろ？」

と、竜之助は言った。いっしょに新三郎も頭を下げた。

「もちろんでさあ」

文治はうなずき、

「まったく、若いってことは危なっかしいもんですね……」

感慨深げにつぶやくのだった。

十

「きさま……京都で斬られて死んだと聞いたぞ」

ふらふら立っている見沼倫太郎を見て、道場主は愕然としながら言った。

ここは内藤新宿にも近い四谷の通りをすこし奥に入ったところにある道場の門のところだった。

門には、〈甲源一刀流〉の看板が掲げられている。

この道場主が外へ出ようとしたところで、かつての筆頭弟子とばったり遭ったのである。

「やっぱり……」

と、見沼はつぶやくように答えた。

ひどくだらしない格好になっている。京都に行く前は、お洒落で袴の皺ひとつも嫌がるような男だった。

それが、着流しで帯もゆるく結び、胸も裾もはだけてしまっている。しかも、武士の魂でもあるはずの刀は、一刀も差していない。完全な無腰である。

「やっぱりとはどういう意味だ?」

と、道場主が訊いた。

「自分でも死んだはずだと思ったのに……わしは死んだよな？」

見沼は横を見て、訊いた。まるで、幽霊が自分の手を見ながら、生き返ったのかと確認するような口調だった。

見沼の隣りに、小柄で穏やかな笑みを浮かべた男がいた。京都で知り合った春沢修吾である。江戸にもどるという見沼に、付き添って来てくれたのだった。

「さあ、どうでしょうな」

と、春沢は笑った。

「そうか。あんたも死んだのか？」

「そうかもしれぬし、そうでないかもしれぬ。生きているのか、死んでいるのか、そもそも判断は難しかったりする」

と、春沢はとぼけた口調で言った。

「いや、あんたも死んだんだ。京の島原で遊びすぎて、洒脱を通り越し、魂まで抜け切ってしまったんだ」

見沼は、大きな発見でもしたように言った。

「それは違う、見沼氏。わたしは遊んだから魂が抜けたのではない。魂が抜けてしまったので、遊ぶしかなくなったんだ」

「ふうん、そういうものかね」

「そういうものさ」

道場主は、しばらく二人のやりとりを唖然として聞いていたが、

「おめおめと帰って来るな」

と、吐き捨てるように言った。

「え？」

「負けたんだろ？　薩摩の示現流などという田舎剣法に」

と、道場主は冷たい笑みを浮かべて言った。

かつて、この弟子は自分を軽々と追い越し、道場の立ち合いでも三本やって一本すら取れないくらいになっていた。

その優秀な弟子がいまは、幽霊のように、ゆらゆらと立っている。

ただ、その目つきや身のこなしは、戦意まで失ったようには見えない。それはどこかに秘められている。

おそらく道場主は瞬時のうちに、元の技量といまの体力と、秘められた戦意とまったくの無腰であることなどを、秤にかけたのだろう。

そうして出した結論はこうだった。

「甲源一刀流を汚した罰だ。京で死ねなかったなら、いま、ここで死ね」

と、刀に手をかけた。

まがまがしい光が宙を走ろうとした。

だが、次の瞬間には、道場主は肩を深々と斬られ、激しく血を噴出させながら倒れこんでいった。

この立ち合いを、道場の近くにいた町人たちが目の当たりにした。

彼らは、このとき見たものを誰かれなく触れまわったのである。

「あいつは、刀もないのに、相手を斬り捨てたんだぜ」

「なんだと？」

「幽霊だよ。幽鬼(ゆうき)だよ。おらぁあ、背筋が寒くなった……」

第二章　夢で殺せば

一

日本橋の北を真っ直ぐに流れる浜町堀が、大川に入るすこし手前に、組合橋と呼ばれる橋がある。橋番もいない小さな橋である。

ただ、小さいながらも欄干はあり、橋全体がどことなくかわいらしいかたちをしていた。

周囲は大名屋敷が多い。このため、この橋を利用する者はそう多くはない。朝が早い町人たちでもこの橋を渡るのは、明け六つ（午前六時）から四半刻（三十分）もたってからが多かった。

最初に渡った男が、うっすらと朝霧のかかった橋の下にその奇妙な死体を見つけて騒ぎになった。

「川から死人が上がっているぞ！」

この男はふだん釣りばかりしていることもあって、死体が下がっているというより、釣り上げたように思えたらしい。

「上がったんじゃねえ。下がったんだ」

二番目に見た男が、そう訂正した。

欄干に紐を結び、首を吊ってぶら下がっていたのである。橋桁の高さも二間足らずで、このため遺体は膝小僧の上くらいまで流れに浸かっていた。

まず知らせを受けたのは、武家地にある辻番の番人だった。

だが、駆けつけてみると、死んでいるのは町人らしかったので、松島町の番屋に連絡した。番太郎はすぐに奉行所へと走り、定町廻りの同心部屋に報告した。まだ早い時刻ではあったが、これから巡回に出ようとしていたのが町廻り同心の矢崎三五郎と、見習い同心の福川竜之助、それに岡っ引きの文治だった。三人はすぐに現場へと駆けつけた。

文治は足の速い二人に付いて来るのに精一杯だったらしく、欄干につかまってしばらく息を整えたほどだった。

三人が来たときは、遺体はまだ、ぶら下がったままである。

もう野次馬たちは三、四十人も集まってきている。

その野次馬たちを橋のたもとまで下がらせてから、

「上げてやれ」

と、矢崎は命じた。

文治が指図をして、番太郎やここらの若者に手伝わせた。

遺体を傷つけないよう、いったん橋の下に回した舟の上に降ろしてから、岸に上げ、ふたたび橋の上に横たえた。すぐに莚(むしろ)をかぶせ、野次馬の好奇な目にはさらさせないようにする。同心たちにも、遺体の尊厳を保ってやろうという気持ちは強い。

遺体の歳は、おそらく五十前後。着物もいいもので、新品をあつらえたのではないか。身体つきにぴたりと合っている。大店(おおだな)とはいかないまでも、そこそこの店のあるじ、あるいは番頭といったあたりではないか。

懐に巾着(きんちゃく)と煙草(たばこ)入れ、袂に半分ほど食べ残した稲荷寿司の折り詰があった。

「ほかに怪我はねえか？」

矢崎が訊(き)くと、

「へい、ただいま」

文治が遺体をざっと検分した。

「斬られた痕も、打ち身の痕もありませんね」

竜之助も後ろからそれを確認する。死因は明らかに首を吊ったことにあった。

「自殺だな」

と、矢崎が断言すると、

「でも、これは……」

と、竜之助は橋の上にいた奇妙なものを指差した。

首を吊った紐を結んだあたりに、牛とヘビがいた。

牛はみっちり肉がついた丈夫そうな黒牛である。

ヘビは甕に入ったままである。毒ヘビではない。ほかにもいて、逃げ出してしまったのかもしれないが、いまは大きな青大将が三匹。うち一匹は白ヘビである。この白ヘビに何か意味があるのかどうか。

「誰かの持ち物か？」

と、矢崎が野次馬たちに訊いた。

皆、首を横に振る。

「死んだ野郎が持って来たのかな？」

矢崎は、竜之助の意見を訊くような目で見た。

だが、いまの時点では何もわからない。

「さあ……」

と、竜之助は返事を濁した。

「こいつと牛じゃ似合わねえよな」

「それはそうですが」

人は似合いの場所や人のそばで死ぬとは限らない。

遺体が見つかったときは、牛もヘビが入った甕もここにあった。

ただ、番太郎が聞き込んだところでは、昨日の夕方、このもうすこし向こうで、七十くらいの婆さんが、牛に甕をつけて運ばせているのを近所のおかみさんが見かけたらしい。

「それを早く言え」

「たぶん、死人を見て、たまげて置き去りにしただけだろうと」

「じゃあ、取りに来たか？」

「それはまだですが……」

「婆さんだと」

婆さんなど、いま見渡しても一人もいない。

矢崎が嫌な顔をしながら腕組みをした。

牛と甕は夜どおしここにあったらしい。だが、誰も面倒なことにはかかわりたくないので、うっちゃっておいたのだろう。

牛は高価だろうと想像はついても、これを育てられる者はここらにはいない。結局、始末に困ることが目に見えている。

「町方のお人で……」

近くの辻番の番人が挨拶に来た。ご多分に洩れず、ここも年老いた中間が番人をしていた。

「いろいろ大変でしたな」

と、いちおう矢崎は朝からの忙しさをねぎらった。

「なあに、それはいいんですが、昨夜、あっしが向こうの辻番にいたとき、この橋のあたりで悲鳴のような声がしたんです。男の声でね」

「悲鳴ですかい？」

「ええ。もういっぺんしたら、棒でも持って駆けつけようと思ったんですが、それっきり声は聞こえねえ」

「ほう」

「これから死のうってやつが、悲鳴を上げますかね」

辻番のほうでも話題になり、あれやこれや憶測を言い合っているのだろう。

「なるほど」

「殺しまで考えて、よく調べたほうがいいのではないかと」

「ふうむ」

矢崎はつまらなそうにうなずいただけで、とくに返事はない。ちらっと考えてはみたが、とっかかりもなく周囲をうろうろしているといった顔つきである。

番人も反応の薄さに落胆したらしく、ぶつぶつ言いながら引き上げて行った。

矢崎は番人の後ろ姿を見送ると、

「福川、おめえの仕事だな」

そう小声で言った。

「え？」

「こんなおかしな事件は、おめえにしか解けねえ。頼んだぜ」

肩をぽんと叩いて、小者を一人連れ、町廻りに行ってしまった。

「矢崎さまもあんまりですねえ」

と、文治はちょっと憮然として言った。

「そうかい？」

「せめて、おかしなではなく難しいと言ってもらいてえもんで」

「まあ、いいじゃねえか」

竜之助は鷹揚なものである。

「それにしても、変な死体ですよね」

文治が首をひねった。

「変かい？」

「ま、身元がわかってみねえと何とも言えませんが、いまから死のうってやつが、こんなちんけな橋のところで飛びますかね」

「大川に架かった橋のほうがいいかね？」

自分はどうだろうと思いながら、竜之助は訊いた。

「あっしだったらそうしますよ」

「じゃあ、これは自殺じゃねえと？」

「あっしは、事故も考えられると思いました。牛を連れてやって来たこの男は、嫌いなヘビを見て、逃げようとし、間違って欄干から飛び降りてしまった」

と、文治は推測を口にした。

「婆さんじゃねえのかい、牛を連れて来たのは？」

「婆さんから預かったんですよ。力仕事にでも借りるつもりだったんでしょうか」

「では、紐は何なんだい？」

と、竜之助は訊いた。

「紐は牛のために用意してきたんだけど、ついうっかり間違えて欄干に結んでしまって……変ですよね……てことはやっぱり自殺ですか？」

「いや、そうとは限らねえ。悲鳴が聞こえたとなれば自殺を装って殺されたのかもしれねえ。あるいは単なる絶望の叫びだったかもしれねえ。そう考えるのが自然なんだろうが……」

竜之助も、何かすっきりしないようすである。

そこへ——。

「あっしは、松島町の長屋にいる細工職人の九太（きゅうた）と言いますが」

と、名乗り出た者がいた。

鼻の頭が赤くなって、いかにも飲兵衛(のんべえ)でございと言っているようなものだ。小柄で指が女のように細い。こまかい細工は得意そうである。

ただ、態度がおどおどしている。町方の者に話しかけることになど慣れていないのだ。善良な市民はそれが当たり前というものだろう。

「どうしたい?」

竜之助は笑顔で訊いた。

矢崎は機嫌が悪いと、怒ったように問い返したりするので、証言しようと思った者が恐がってできなくなったりする。竜之助はそんなことのないよう気をつけている。

「これって殺しじゃねえですよね?」

と、九太が訊いた。

「殺し？　それがまったく考えられないわけじゃねえんだ」

竜之助は慎重に答えた。この男、何か重要なことを握っているのだ。

「いつごろ死んだんで?」

「辻番の証言や通りがかりの証言などから、たぶん昨夜の五つ半（午後九時）ごろだったんじゃねえかと踏んでるんだ」

「そうですか。ああ、やっぱり変だなあ」

九太はひどく不安げな顔をした。

「どうしたんだ？」

竜之助は、安心させるよう、九太の肩に手をかけて訊いた。

二

松島町の一角に、正式な名前なのかどうかは女将のおせい本人にもわからないらしいが、〈大鍋屋〉と呼ばれている飲み屋がある。

客は自分の家の物置にでも入ったように、何の気もつかわなくてすむ、まあ有体に言えばだらしのない飲み屋で、常連も多く、いつも混んでいる。

ただ、混んでも、せいぜい十人くらいしか入れない。

大鍋のまわりで飲む。女将は立ちっぱなしで、鍋のようすを見たり、酒に燗をつけたりしている。

この鍋には何が入っているのかわからない。いつも煮えたぎっているので、悪いものでも熱で死んじまうから、人に中ることはないだろうという。

かき混ぜると、底から柔らかくなった魚の骨がいっぱい出てくる。これをくれという常連も多い。

「これをうんと食うと、骨が丈夫になる」

と、断言する者もいる。

鍋の中身といっしょで、客もいろんなやつが来る。

岡っ引きの親分と、何日か前に起きていた殺しの下手人が隣り合って仲良く飲んでいたこともあったらしい。

あるいは、どこぞの大名が面白半分で、用人とともに一杯やっていたこともあるという。それなどは、鍋に立派な桜鯛(さくらだい)が放り込まれたようなものである。

銚子を二本ずつ飲み、代金として二両を置いていった。毎日来てくれることを期待したが、いまのところ来たのはこれっきりらしい。

こうした雰囲気は、女将のおせいの人柄によるところも大きい。

身体も小柄だし、美人とはとても言えないし、四十を過ぎて若くもない。外見的にはとくに目立つところはないが、とにかく太っ腹なことは男でもかなう者がいない。

「へっ。どうってこたぁねえ」

というのが口癖で、これを聞くとたいがいの苦労も、借金も女房の浮気もどうということはないように思えてくるのだった。

昨夜の四つ（午後十時）ごろだった。

常連の一人である錬二という男がやって来た。

このところはほとんど毎日、通ってくる。歳は二十七、八。石工をしているとかで、大柄でいかにも力が強そうである。ただ、さほど乱暴な男ではなく、むしろ明るい話題を言い交わすのが好きらしい。

「昨夜、変な夢を見ちゃってさ……」

たまたま隣り合わせた九太に、錬二はそんな話を始めた。

「夢の話ねえ」

他人の夢の話なんかたいして聞きたくもないが、愚痴を聞かされるよりはましである。九太は自然と耳を傾けてしまった。

「おいらは夜の橋の上にいたんだよ……」

と、錬二は言った。

「夜の橋の上か……」

九太はすこし背筋がぞっとした。だいたい、橋の上というのは不思議なところである。橋は何もないところに架かっているのだから、じっさいは宙に浮いている。そこでぼんやり川の流れを見ていたりすると、異界にでも紛れ込んで行くような気持ちになることがある。じっさい、橋の上で妖かしに出会うことはすくなくないらしい。

「そこに、真っ黒い牛を連れた婆さんがよろよろとやって来たんだ」

――嫌だな……。

と、九太は錬二の話を聞いて思った。

めずらしくはない。深川の先の小松川村あたりから、牛に野菜を積んだ百姓が大勢、江戸に出て来る。

だが、暗くなってから出会う真っ黒い牛を連れた老婆というのは、どことなく怪談じみた感じがする。

「おいらはその婆さんとどこかで会ったような気がしたのさ」

と、錬二は言った。

「へえ、夢の中の婆さんとかい?」

「ああ。その婆さんは、おいらを怨みがましい目でじっと見て、牛に積んであった甕を下ろしたんだ。その甕には大きなヘビが数匹入ってた。しかも、一匹は真っ白なヘビだった。おいらは、ふだんは別にヘビなんざ怖くねえんだが、夢の中ではひどく怖かった」

と、錬二は不思議そうに言った。

「そういうもんだよ」

九太も真っ赤になった顔をこっくりさせた。

「おいらはヘビが怖いので、急いで婆さんが持っていた紐を取り、自分の首に巻いた」

「ちっと、待ってくれ」

と、九太は話を止めた。

「なんだよ？」

「なんで、ヘビが怖くて、紐を首に巻かなくちゃならねえんだ？　紐もヘビみてえにひょろ長いんだ。逆に気味が悪いはずだろ」

「それはおいらにもわからねえ。しかも、その紐の端を欄干にくくりつけたんだ」

「へえ」

「すると、次に婆さんは黒い牛をおいらにけしかけ始めた」

「怖いな」

と、九太は顔をしかめた。あんなでっかいものがぶつかってきたら、小柄な九太などはふっ飛んでしまう。

「怖いさ。黒い牛は、逃げたって、どこまでも追いかけてきそうだ。だが、欄干を乗り越えれば、牛はまず、追いかけては来られない。それで、ヘビと牛に追いつめられて、おいらは欄干を乗り越えた。川の流れに乗って、逃げ切れるはずだった。ところが、首に紐が巻かれてあったので、ぶら下がってお陀仏ってわけさ」

「ふうん」

錬二の夢はそれで終わったという。

九太は自分の首を撫で、嫌な顔をした。

「変な夢だろ」

「ほんとだな。初夢でそんなの見たら、今年は動きたくねえって思うかもな」

「おめえが見たことにしてくれねえか」

「馬鹿言ってんじゃねえよ」

「なんか悪いことでも起きるんじゃねえかかな」

と、錬二は不安そうに言ったものだった……。

この話を、九太は竜之助に伝えたのである。

「まるっきり同じじゃねえか」

竜之助もこれには唖然とした。

三

九太も錬二も、大鍋屋がある松島町の住人だという。この組合橋からは、あいだに大名屋敷があるのでぐるっと回らなければならないが、それでもすぐ近くである。

竜之助は文治と九太をつれて、錬二の住む長屋を訪ねてみた。

ところが、すでに錬二は仕事に出てしまっている。

長屋のおかみさんによれば、錬二は石工だが、親方のところに通っていて、そこは同じ日本橋北の田所町(たどころちょう)にあるはずだという。

「近いですね。行ってみますか？」

と、文治が言った。

だが、錬二は帰りには必ず大鍋の飲み屋に寄るという。そこで今日にもつかまえられる。それよりも、まずは殺された男のほうを探ることにした。身なりと、あの刻限にあそこらを歩いていたことを考えると、日本橋周辺の店に、深川から通っているお店者ではないか。

通り道から考えられる家の町役人を呼んで、順に確認させていたが、その前に別のことから意外に早く身元が割れた。男は〈人形町花房屋〉という店の名が入った巾着を持っていた。なお、この巾着の中身は奪われた形跡がなかった。

これは得意先にでも配ったもののひとつだろうと、その花房屋を当たらせてみることにした。

すると、文治の子分がいい話を摑んできた。巾着は花房屋がじっさい得意先に配ったものだったが、ここの番頭の弁蔵が朝から来ていないため、店の者があわてて行方を捜しているという。

「しかも、その番頭は自分のところの巾着を愛用していたそうです」

「なんだと……」

首を吊って死んだのは、その番頭かもしれない。

手代に来てもらい、顔を見てもらうと、間違いなかった。

「住まいは深川の八名川町でさっきも小僧に見に行かせたのですが、そうですか、組合橋のところで……」

「昨夜は帰りは何刻ごろだったかわかるかい？」

「ええ。昨夜は帳簿の確認のため、夕食も近所の寿司屋から稲荷寿司の出前を取り、それを食べながら片付けました。それでも五つ（午後八時）には終わって帰ったのですが」

そのまま、あの現場に向かったのだろう。

ということは、弁蔵が牛を連れていたわけはない。あの橋の上で、ヘビの入った甕を積んだ牛を連れていた誰かと出会ったのだ。

目撃した近所のおかみさんの話によれば七十くらいの老婆……と。

ますます、錬二の夢の話に近づいていくではないか。

「弁蔵に、家族はいるんだろ？」

と、竜之助は手代に訊いた。

「いえ、独り身でした。以前は女房もいたのですが、離縁したとかで」

「どういう男だった？」

「真面目な人でしたよ」

とだけ言って、硬い顔になった。

真面目に生きていたようだが、好かれてはいなかったようだ。

「真面目も度が過ぎるとな」

「そうですね」

「寛容なところもないとな」

「まったくです」

「なんか、あったかい？」

のれんでもわけるみたいにさりげなく訊いた。

「いえ、大先輩ですので」

手代は首を横に振った。

四

暮れ六つ（午後六時）になって――。

竜之助と文治は、大鍋の飲み屋に向かった。九太も興味津々といった顔で、竜之助たちとは反対のほうに座っていた。

四半刻ほどして、錬二がやって来た。

「石工の錬二だな？」

と、文治が訊いた。

竜之助は隣りで、おっとりした顔で錬二を見ている。

「ちっと、話を聞かせてもらいてえんだ」

文治は腹に差した十手を指で示した。

「はあ」

錬二の顔が緊張した。もっとも岡っ引きに何か訊かれて、緊張しないほうがめずらしい。

「おかしな夢を見たんだってな」

「見ましたが……」

「その話をくわしく訊きてえんだ」

「そんなことでわざわざ？」

錬二は怪訝そうな顔をした。

「いいから、訊かれたことに答えな。牛とヘビに追いかけられて、飛び降りたっていうじゃねえか？」

「そうなんです。気持ち悪いったらありゃしねえ」

「飛び降りたのは誰なんでえ?」

「あっしですよ。怖かったですよ」

「ほんとにおめえか? お店者ふうじゃなかったか?」

「あっしだって、自分と他人の区別はつきますぜ。首をくったのは間違いなくあっしでした」

「ヘビはマムシかい?」

「いいえ、マムシよりもずっと大きかったから、ありゃあ青大将じゃないですかね。白ヘビも一匹いたような……」

「牛は何色だった?」

「黒です。大きな黒牛で、さぞ力もあるだろうというような牛でした」

完全に組合橋のできごとと一致する。

「橋はどこの橋か覚えてるか?」

「いいえ。そっちはさっぱり」

「両国橋とか新大橋とかみてえに大きな橋だったかい?」

「さあ、橋の上だったってことしかわかりませんでした」

そこまで聞いて、文治は竜之助の顔を見た。

「旦那、いいですか？」

事実を明らかにしてしまっていいかという意味である。

「ああ」

と、竜之助はうなずいた。

「じつはよう、おめえが見た夢とそっくり同じことが起きたんだ」

「そうなんですか？」

とぼけているようすはない。組合橋の騒ぎは田所町の仕事場まではまだ届いていないのだろう。

「牛とヘビがいて、橋で首を吊った」

「でも、あっしはこうして生きてますぜ」

「そうだよな」

「だから、そっくり同じってことでもないでしょう」

「それがかえってよくねえんだ」

文治がそう言うと、錬二は不安な顔になった。

「どういうことで？」

「まだ、はっきりしねえんだが、こういうことも考えられる。あれは、自殺に見せかけたが、じつは殺しだった。すると、そっくりの場面を話すことができたおめえは、下手人かもしれねえ」

「そんな馬鹿なあ」

錬二は泣きそうな顔になった。

「旦那。きっと、こうですよ。昨夜、ここで、あの話を聞いた野郎が真似をしたに決まってます。ほら、そこにいる男なんか、あっしの話を真剣に聞いてましたから」

錬二が九太を指差すと、九太はあわてて酒をあおった。

「あいにくだな。そいつは無理なんだ」

「どうして？　できますよ」

「無理なんだ。死んだのが先で、おめえの話のほうがあとなんだよ」

「なんてこった」

「おめえ、人形町の花房屋って小間物屋を知ってるかい？」

「いいえ。あっしは小間物屋なんてところには、足を踏み入れたこともありませんよ」

たしかにそんな感じである。

「深川の八名川町あたりはよく行くのかい？」

「深川は八幡さまと、洲崎稲荷に参ったことがあるくらいで」

答えが事実なら、殺された男と錬二はまったく接点がない。

もしかして、嘘をついているかもしれないし、もっと別のつながりがあるかもしれない。

そこへ、それまで黙って聞いていた竜之助が、

「安心しな。あんたを下手人と決め付けたわけでもなければ、だいたい殺しかどうかもわからねえんだから」

と、声をかけた。

「そうですか。このまま、お縄になるのかとびっくりしました」

錬二もだいぶ安心したらしい。

「夢はよく見るのかい？」

と、竜之助は訊いた。

「そうなんです。しょっちゅうでもねえんですが、たまに変な夢を見るんです」

「たまにというと、決まった日かい？」

「さあ。そんなこともねえような気がしますが、つづけて見たことはありませんね。たいがいひと月近くあいだがあったと思います」

「いつごろからだい？」

「ここ半年くらいですかねえ」

「これまで見た変わった夢を、思い出してもらえねえかい？」

「夢なんざすぐ忘れっちまいますぜ」

「覚えているものだけでいいよ」

竜之助にうながされ、錬二はしばらく考えていたが、

「まったくもてなかったのが、次々にいい女にもてたって夢を見ました」

と、ふいににやにやして言った。

「ほう。そいつは羨ましい」

竜之助の目も輝いた。

「乙姫さまにも惚れられた」

「凄いな」

「あの方はいい女ですね」

「そうなのかい？」

「薄着ですし」

「薄着ねえ」

「そのうえ、気さくですし」

「薄着で気さくか……」

　どうもよくわからない性格である。

「羽衣の天女にも」

「おいおい」

「そういえば、最近、あのいい夢は見ねえなあ」

　と、錬二は悔しそうな顔をした。

「あとは？」

「白い犬っころと、白い砂浜で楽しく遊んでるんです。あっしは、白い砂浜なんぞ、行ったことはねえんですが。それはいいとしても、この犬が、三角の紙を頭につけてる。ということは、たぶん死んでるんでしょう」

「死んだ犬と、楽しく遊んでた？」

「へえ」

「おめえも三角の紙を？」

「あっしはつけてませんでした」

「犬を飼ってて、その犬が死んだなんてことは？」

「ありませんよ。いま、思い出したのは、そんなところですか」

「たしかに変な夢だなあ」

と、竜之助は首をひねった。

五

——夢って何だろう？

翌日、竜之助は朝からそのことばかり考えていた。

「夢はお告げだ」

とはよく言われる。とくに、一富士二鷹三なすびといわれ、この夢を見るといいことがあるらしい。

富士となすびの夢は見たことがある。

だが、とくにいいことはなかったような気がする。

座禅を組んでいると、夢みたいなものを見るときがある。

——そうだ、ひさしぶりに座禅に行くか。

本郷（ほんごう）の大海寺（たいかいじ）に向かった。

雲海（うんかい）和尚はまだもどらない。そろそろもどらないといろいろ困ったことになるが、檀家の総代と、小坊主の狆海（ちんかい）が頑張って、なんとか数々の行事をこなしているという。どうやら雲海和尚は、悟りを得るため、深山幽谷（しんざんゆうこく）にこもって座禅の真っ最中らしい。

「あの和尚がかい？」

万に一つ悟るようなことがあっても、あの和尚の場合は人ごみで悟りを得るような気がする。それくらい、よく言えば人間臭い、ふつうに言えば俗っぽい坊主である。

「そうでも言わなきゃ檀家は納得しませんから」

と、狆海は人差し指を一本、口にあてた。

竜之助は本堂に座わって、座禅を組んだ。

だが、今日はめずらしく、夢のようなものは現われない。

「お見事」

と、狆海にもほめられたくらいうまくやれた。

その狆海に、

「夢のことで訊きたいことがあるんだけどね」

と、相談した。

「何でしょうか？」

「座禅のときに夢のようなものを見るときがあるんだ」

「そうらしいですね」

「狆海さんは見ねえのかい？」

「はい。見ないようにしてるんです」

やっぱり狆海のほうが数段上なのだろう。

「夢の相談でしたか？」

「でも、いいんだよ。ひさしぶりに座禅も組めたし」

「ああ、和尚さんがいるとよかったんですがねえ」

と、狆海は残念そうに言った。

「どうしてだい？」

「なんでも、大昔、明恵上人という偉いお坊さんがいて、この人は膨大な夢の日記をつけていたんだそうです」

「へえ」

「若いときから亡くなるまで、四十年間にわたって、ご自分が見た夢について克明に書きつづったんだそうです。それをうちの和尚さんも読みふけっていたことがあります」

望遠鏡で星を眺め、夢の日記を読みふける――雲海という坊主は、つくづく変な坊主だった。

「それで何か占ったのかな」

「和尚さんの言ったことだから、どれくらい当てになるのかはわかりませんが、占いなど瑣末（さまつ）なこと。御仏（みほとけ）の心といっしょになるようなものだと」

「ほう」

「失（う）せ物探しみたいな、うさん臭いものじゃないんだと怒ってましたっけ」

面白そうな話だが、この事件を解くカギにはなりそうもない。

「福川さま」

わきから声がかかった。

「よう、お寅（とら）さん」

ひさしぶりである。

このところ、子育てが忙しくて、座禅を組む暇もないらしい。

だが、一時ほどは愚痴もこぼさない。なんだか、覚悟のようなものが生まれた感じがする。

「おいらもたまには手伝いたいんだがさ」

「とんでもない。忙しい福川さまに手伝ってもらうわけにはいきませんよ。それに、ごくたまには、バチというよりお恵みのように思えるときもあるんです。もっとも騒ぎが起きると、すぐにふっ飛んじまうんですがね」

怒ってしまうということだろう。

その光景が目に浮かぶが、怒らずに子育てをするというのは至難の業なのかもしれない。

「手伝ってくれる人は？」

と、竜之助は訊いた。このあいだは、おたねさんという気持ちのいい人がしばらく手伝ってくれて、お寅のいい話し相手にもなってくれていたのだった。

「最近、一人来たんです」

「そりゃあ、よかった」

「でも、若い人なのでつづかないですよ」

「そうか」

「まあ、その人が来てくれたんで、今日はここに来られたんですがね」

と、お寅は嬉しそうに笑った。

六

夢について訊きたくても、雲海和尚は行方知れずだからどうしようもない。

そういえば、両国広小路（ひろこうじ）の一角に、夢占いの易者（えきしゃ）たちが何人か固まって出ているのを思い出した。

近くに祭りがある日に行ったりすると、若い娘たちがわんさか集まっている。

——あそこで何か手がかりが得られないか。

両国に行ってみた。

京都で騒乱がつづいているのが信じられないようなにぎわいである。歩いている武士も、とくに目を血走らせたりはしていない。

今日は四人の夢占いが出ていて、三人は客と向き合い、一生懸命、話をしている。一人だけ暇そうにしているが、こういうやつはたぶん当てにならないだろうと、ほかの易者が空くのを待った。すると、

「これこれ、そこな御仁（ごじん）」

声をかけられた。

浪人くずれらしく、よれよれの紋付に袴をつけている。総髪で後ろを軽く束ねただけの頭である。歳は五十前後といったところか。

「何かな？」

「夢のことで悩んでいるように見受けられる」

当たっている。たまたま暇にしているだけで、まんざら腕が悪いわけではないのかもしれない。

「まあな。夢ってのは何なのか、知りたいのはたしかだ」

と、竜之助はうなずいた。

「ああ。夢というのはお告げじゃからな。とくに失せ物探しなんぞは、嘘のように当たるぞ」

大海寺の和尚が言うのとはずいぶん違う。

「では、牛とヘビに追いかけられて、橋の欄干を乗り越えたところ、首を吊ってしまい、死んでしまったという夢は？」

「なんじゃ、それは」

と、むっとしたような顔をしたが、結局、占ってくれるという。

「いくらだい？」

「町方のお人だからな、百文にまけておこう」

　ふっかけられた気がする。

「ま、いいいか」

　と、見てもらうことにした。

　いちおう筮竹(ぜいちく)は使う。この結果と、十二支を描いた表のようなものを照らし合わせ、

「巳(み)の方角に丑(うし)年生まれの男がいて、そなたに怨みを持っておる。気をつけよというお告げじゃ」と、言った。

　いっこうに要領を得ない。

「怨みの末に何かするかな？」

「それはわからぬ。ただ、お告げは気をつけろと言っておる。思い当たる者がいるだろう？」

「いや」

「いるはずだ。同心なんぞしていると、いろんな怨みを買うからな。うっふっふ」

と、いかにも嬉しそうに言った。

ますますとんちんかんになってきた。

「ここの占いは皆、同じかい？」

結局は方角占いになるのだったら、誰に訊いても同じである。

「そりゃ、そうだ……ただ、半年ほど前までいたのはちと違った」

「どんなふうに？」

「夢屋（ゆめや）といって、見たい夢を見させることができるとほざいていた」

「ほう」

そっちのほうがよほど面白そうである。

「いまはいないのか？」

「どこかに消えたな。あんなやつは両国じゃ商売をさせられねえ」

どうも、苛（いじ）められたかして、追い出されたのかもしれなかった。

七

竜之助は途中、湯屋で汗を流し、八丁堀の役宅に帰ってくると、飯のしたくができていた。

冷やそうめんというさっぱりした飯である。むし暑い日にはこういう飯がいちばんうまい。ただ、内心、もうちょっと濃い味のものを食わねえと力がつかぬとも思っていた。

すると、最後に油で揚げたまんじゅうが出て、満ち足りた気持ちになった。

箸を置き、

「なあ、やよい。ほんとに起きたできごとが、夢にも出てくるってことはあるかな？」

と、気になっていたことを訊いた。

「もちろん、ありますよ。あたしは、ほんとは喧嘩をしたかったのに、まわりに止められて諦めたことがありました。その夜は、夢の中でその相手と、ほんとに喧嘩してましたから」

「それって、田安の家にいたころの話だろ？」

「そうですけど」

「ははあ……」

あのころ、やよいはよく他の奥女中と言い合いをしていた。奥女中には意地悪な女が多く、内心、竜之助はやよいのことを応援していたものだった。

「へえ。ところで、勝敗はどうなった？」

「もちろんあたしの勝ちです。ぼっこぼこにしてやりました」

たとえ夢の中にせよ、やよいに本気を出された相手に同情した。

「ちっと調べで夢にかかわることが出てきたんだよ」

「まあ」

「それで、現実と夢と、どれくらい関係があるのか。試してみてえんだ。おいらがぐっすり眠ったあと、何か変わったことをしてみてくれねえか。それが夢に反映されるのか、たしかめることができるだろ」

「何をしてもいいんですか？」

目を輝かせた。

「かまわねえよ」

「あとで、そんなことをしてなどと怒られたら嫌です」

「それは約束するよ。何をされても怒らねえ」

「でも、起きちゃったら駄目ですよねえ」

と、やよいは考えた。

「そうだよな」

「もっとも若さまは、一度寝ついたら、よほどのことがないと起きませんよね」

「うん。そうらしいな」

本来は、武芸者にはあってはならないことである。

「はい。わかりました」

と、やよいはにたりと笑った。


この晩、竜之助はひどく奇妙な夢を見た。

身体中にイボがいっぱいできていた。赤くて平べったいイボである。病気かもしれない。

そのイボをぷちぷちむしって食べるやつがいる。

「おい、やめろ。気味が悪いな」

と、竜之助は怒った。

「酢で締めるともっとうまいんですがね」

そう言ったのは文治のような気がする。

我慢していると、首のあたりがぬるぬるしてきた。ちゅうちゅう吸われている気もする。

――なんだか変なところに来てしまったかな。

そう思っていると、真っ赤な顔をした女が現われた。

怒っているのかと思うと、そうでもないらしい。

「あたし、若さまみたいな男、海にいるときから好きだったんです」

「あんた、乙姫？」

「ううん。丙姫（へいひめ）っていうの。乙姫よりは一段下がるの。でも、湯に入ると、一段上がりますわよ」

そんなわけのわからないことを言いながら、竜之助にまとわりついてくるので、すっかりうんざりしてしまった……。


「若さま、起きて。朝ですよ」

やよいが起こしていた。すでに陽が差してきていた。

「ん、ん？」

「見た夢を書き記しておかないと、すぐに忘れてしまいますよ」

「そうだな」

そのつもりで、枕元に手帖と筆を用意しておいた。

「どうでした。夢はぬめぬめした感じでした?」

「は?」

竜之助は寝惚けまなこをこすった。

生きたタコが、竜之助の胸の上でのたくっていた。

八

「凄いことを試したもんですねえ」

竜之助の話を聞いて、文治は笑った。

「夕方、ちょうど魚屋から丸ごと一匹、買っておいたんだそうだ」

「あのお女中、茶目っ気がありますからねえ」

「ああ。夢を見ているときより、起きてタコを見たときのほうが気味が悪かったぜ」

「そりゃあそうでしょう」

「だから、昨夜のタコのことを考えても、やはり、錬二が前の晩にあのことに関する何かを見聞きしたのではないかと思うのさ」

「なるほど」

「ところが、夢うつつで見聞きしたことだから、はっきりとはわからない。夢とまじり合ってしまったんだ」

「夢うつつってことは、夜ですね」

「あいつは酒も入っているし。錬二は自分が知らないうちにその計画を聞いたのかな。あるいは稽古でもしているところを見かけたのか」

「福川の旦那。錬二の長屋に行ってみましょう。野郎が見たものがわかるかもしれませんぜ」

「いや、やっぱりあいつが寝ているときに行きたいな。どんなふうに眠っているのかは、いきなり行かないとわからねえだろうしな」

「たしかにそうですよね。だが、相手が男でよかったですね」

「まったくだ」

長屋の大家には事情を話しておき、あらためて五つ（午後八時）過ぎになって松島町の錬二の長屋に行った。

だいぶ昔だが、町方の与力や同心が八丁堀周辺に固まって住むようになる前は、この松島町にも大勢の同心が住んでいたらしい。

いまは、そんな面影は毛ほどもなく、いかにも江戸の庶民の町になっている。

戸口には石工なら誰でもするわけではないだろうが、キツネと狛犬が両脇に一つずつ飾られていた。

錬二は大鍋屋で酒を飲んで帰ってきて、たちまち高いびきとなったらしい。

いびきの音を確かめながら、そっと戸を開けた。

心張棒もなく、するすると腰高障子が開いた。

「よく寝てるぜ」

竜之助は提灯で錬二の顔を照らした。口が食いかけのさつま揚げみたいなかたちになっている。

「たいした馬鹿面ですね」

「酔っ払ってるしな」

「犬猫でももうちっとかしこそうに見えますすよ」

錬二の寝方に特徴があった。目を半開きにして寝ている。

「見えているんじゃないか」

と、思わず覗き込んだほどである。

「気味悪いですね」

寝ながら見ているものは――と、見回しても、ほとんど何もない。

棟割長屋だから、窓はない。しっくいを塗った壁だけである。せっかく目を開けて寝ても、見るものがないのだ。

「音かな？」

壁は三方にある。

それぞれに耳をつけたが、皆、寝静まっている。むしろ、錬二のいびきがいちばんうるさい。

ここは職人が多い長屋で、裏っかたが植木職人、右隣りが揉み治療をする盲人で、左隣りは版下職人とのことだった。

盲人はもちろん、植木職人や版下職人も牛やヘビに縁があるとは思えない。

「酔っ払って帰ってくる途中のことかな」

と、竜之助は言った。

「あ、それもありますね」

「いちおう、念のために」

と、長屋の周囲まで調べてみたが、とくに怪しいところは見出せなかった。

九

じっくり考えるうちに、竜之助は謎がもうひとつあることに気づいた。

花房屋の弁蔵は、なぜ、あんな変わった死に方、あるいは殺され方をしなければならなかったのか？

もう一度、人形町の花房屋の手代と会うことにした。

四十前後で、真面目だが番頭になるほど気の利いたところは感じられない。

弁蔵のことを訊いても口が重い。

それでも、このままだと迷宮入りになりそうだと頼みこむと、

「亡くなった番頭さんの悪口になるので、気が進まないんですが、たしかに何人か怨みを抱いている人はいました」

と、手代はようやく重い口を開いた。

「やっぱり」

「なかでも怨んでいたのは、だいぶ前に、ここで小僧として働いた兄弟の母親だと思います」

「いくつくらいだい？」

「いまはもう七十くらいになっていると思います」

「七十……」

　牛をつれていたという老婆とも一致する。

「兄弟で働いた？」

「ええ。お店者に憧れて、船堀村（ふなぼりむら）から来た百姓の倅（せがれ）たちだったんですが、名前を丑吉（うしきち）と巳之吉（みのきち）といいました」

「なんだって」

　竜之助の顔色が変わった。

「どうかしましたか？」

「丑吉と巳之吉。牛とヘビじゃねえか」

「あ、ほんとだ。そうか、橋の上には牛とヘビがいたんですね。すみません、早く気がつけばよかったです」

「いや、そいつは無理だ」

　と、竜之助はなぐさめた。

　丑吉も巳之吉もありふれた名前で、すぐには本物の牛やヘビに結びつけたりはしない。

いまから二十年ほど前のことだという。

丑吉と巳之吉が弁蔵にずいぶん苛められた。

「あたしも番頭さんには厳しくされたのでわかるのですが、仕事を覚えさせるというのを通り越して、怨みがあるような厳しさでした」

「そうなりがちなんだよな」

と、竜之助はうなずいた。

一人前にするという大義名分のもとに、結局は憂さ晴らしがおこなわれる。それはお店に限らず、いろんなところで目撃された。

弁蔵は毎日、

「兄弟そろって馬鹿なんだな」とか、「田んぼ耕していろ」などとひどいことを言いつづけた。

反対を押し切って出てきたので、村にも帰れない。

二人で大川に飛び込んでしまった。

母親は正月や藪入りのとき、番頭の仕打ちを聞いていたらしい。

ある日、花房屋の店先に現われ、

「殺したのは、番頭の弁蔵だ」

と、言った。それから数年に一度、忘れたころに現われて、弁蔵をなじって帰って行ったという。

「番頭の反応は？」

「まったく……」

「なしかい？」

「あれで涙の一つも見せていたら、母親だってすこしはなぐさめられたのでしょうが、薄ら笑いを浮かべたりして」

「そいつはひでえな」

すでに亡くなった男だが、それでも腹が立った。

「この何年かは見かけず、身体でもこわしたのかなと思っていたのですが……」

十

竜之助は、文治をつれて船堀村に向かった。

「ここらに丑吉と巳之吉の兄弟が育った家はあるかい」

と、文治が訊いてまわると、すぐにその家はわかった。

江戸近郊の農家は豊かなところが多いが、ここもそうだった。野菜をつくり、それを江戸に持っていく。

品質のいいものは、契約した料亭などに直接、持っていったりするらしい。茅葺屋根の門があり、敷地の中の右手には、馬小屋や牛小屋などもある。牛馬だけでなく、ニワトリもかなりの数がいるらしい。

「ここに亡くなった丑吉と巳之吉の母親がいるだろ？」

前の小川で野菜を洗っていた四十くらいの女に訊いた。

「あ、おばばさまですか。それがじつは……」

と、女の顔が曇った。

「何かあったのかい？」

「ええ。じつは、数日前に江戸まで出かけたのですが、もどったら倒れるように寝付いてしまったんです」

「ほう。そのおばばさまに会わせてもらいたいんだがね」

と、竜之助は怖がらせないよう、笑顔のまま十手を見せた。

「これは、これは……」

江戸の町奉行所の者が来たというので、当主が青くなって飛んで来た。

まずは、母親を枕元に見舞った。

奥の八畳ほどの部屋に寝かされている。外には田園風景が広がる気持ちのいい部屋である。

小柄な婆さんで、眠っているというが、胸もほとんど上下していない。

「意識はねえんです。ときどき、ふうっと微笑むくらいで」

「なるほどな」

たぶん助からないかもしれない。だが、長年の希望はかなったのではないか。

「母親は、何かしたんでしょうか？」

と、当主が不安そうに訊いた。

「うむ」

と、竜之助はうなずいた。間違いなく何かはした。だが、その詳細はわからない。

「まさか、花房屋の番頭を手にかけたとか？」

いちおうのことは母親からも聞いていたらしい。

「わからねえんだが、あんたが心配するようなことはできねえさ」

もう七十になっていた。腰も曲がり、足は達者だったそうだが、大の男を橋から突き落とすなんてことはできっこない。

「心配してたんです」

と、当主は言った。

「四十近くなってできた子どもだったので、あの二人はとくにかわいがった。それが、番頭に苛められて死んだのです。母親の怨みはけっして消えることがありませんでした」

このあたりの易者に、牛とヘビを使って弁蔵を殺すことができれば、息子たちの怨みも消えると言われたらしい。

それで、牛とヘビを飼ってきた。だが、どうやってこれで殺したらいいかわからずにきた。

「ここの庄屋とか、江戸の町役人などにも相談したのですが、訴えるのは難しいと」

「………」

たぶん、そうだろうと竜之助も思う。

「諦めろって、母親にも言いきかせました。静かに眠らせてやろうって。でも、諦めたようすはありませんでした」

「その気持ちもわかるぜ」

と、竜之助は言った。

たぶんお寅あたりも絶対に諦めないのではないか。

「何か方法が見つかったのかもしれません」

と、この家の当主は言った。

「方法がねえ」

竜之助は遠くを見つめるような目をした。

十一

竜之助は浜町堀に沿って歩いていた。本来なら非番の日である。だが、手詰まりとなった組合橋の事件のことが気になり、こうして町に出て来てしまった。

歩いているうち、いい考えが浮かぶことはよくあるが、今日は歩いても歩いても何も浮かんでこない。

今日も蒸してきていた。

疲れて昼寝がしたくなった。とはいえ、町方の同心の格好で、そこらでやたらに横になるわけにはいかない。

霊岸島に架かった永久橋(えいきゅうばし)のたもとに、小さな稲荷神社があったのを思い出した。あの裏あたりは、縁台が置かれ、昼寝の穴場になっている。

こういうところはよく駕籠かきに占領されていたりするが、ここにはやって来ない。

隣りには番屋があるため、ただ油を売ろうというやつだと、昼寝もしにくいのだ。

——あそこを借りよう。

行ってみると、縁台も空いている。これはいいと、さっそく横になった。

しばらくうとうとしている途中で、

——あ……。

と、竜之助は起き上がった。

夢うつつになるのは夜とは限らない。錬二のやつもこんなふうに昼寝するときもあったのではないか。

田所町にあるという錬二の仕事場に向かった。

錬二の通う石屋の近くに来ると、文治に出会った。

「あれ、なんでここに？」

「いえ、福川さまが、面倒な事件で苦労なさっているので、ちっとでも役に立つ話を仕入れてえと思いまして」

ありがたい岡っ引きである。

「ひとつ、思いついたぜ」

「それは凄い」

「錬二は長屋で寝るだけじゃねえ。昼寝もするはずだ」

「なるほど」

「昼寝のときに夢うつつに聞いた話を、夜の夢で思い出すなんてこともあるかもしれねえ」

「わかりました。すぐに当人に訊きましょう」

錬二を呼び出した。

「昼寝？　ええ、そっちの裏手にある石置き場があっしの昼寝の場所として確保してありましてね」

おとうと弟子たちには使わせないようにしているという。

「なるほど、ここか……」

平たい石が置いてある。硬そうだが、夏場はひんやりして気持ちがいいかもしれない。それに石工たちは、石に親しんでいるから、むしろ寝心地もいいのではないか。

この錬二が確保した場所のわきは、小さな雑木林になっている。

その中に、掘っ立て小屋ともお堂ともつかないみすぼらしい家がある。

ちょっとわきに回ってみた。

軒先に小さな看板があった。

「夢屋」

と、書いてある。

両国で易者が言っていたのは、この店のことではないか。

さらに小さく、

「どんな夢でも見せます」

ともある。

「福川の旦那……」

と、文治がかすれた声で言った。

「ああ、臭い、臭い」

竜之助は嬉しそうに言った。

そっと中をのぞいてみた。

誰か客が来ているらしい。

竜之助は石の上に寝てみた。すると、ここは音がうまく伝わるのか、石に耳を当てると、夢屋の話がよく聞こえてきた。

「いいですか、このくるくる回る玩具(おもちゃ)の傘を見ながら、自分にこう言うんですよ。今宵は死んだあの人と逢えるんだ。あたしは死んだあの人と逢えるんだって……」

それを、竜之助はじっと聞いていた。

十二

夢屋は客を送り出し、一息ついた。

「夢の中でいいから、毎晩、死んだ夫に逢わせてください」

と、頼まれていた。

まだ二十三の若い未亡人だった。

そう難しい依頼ではない。

死んだ夫に逢いたいというのは、もともと強く願っていることだからだ。

夢屋は三十になるころまでは、おなじみの夢占いをしていた。十二支を使って、縁談は東から来るとか、引っ越しは南に向かうといいといったたぐいである。

だが、すでに見た夢を適当に占ったりするよりは、見たい夢を見させることができたら面白いのではないか——そう思いついたのだった。

これがなんとできるのである。

繰り返し、暗示をかける。

すると、それが夢に現われる。絵や音、さっきのくるくる回るものなどを使うと、暗示はいっそう効きやすくなることもわかった。

「見たい夢を見せてもらえる」

夢屋の商売はひそかに噂となり、さまざまなお得意さまもできた。

両国の広小路には居にくくなったが、むしろ、こうした繁華街をはずれたところのほうが、お得意さまも訪ねてきやすいとのことだった。

これをつづけるうち、夢屋はもっと凄いことに気づいた。

暗示をかけることによって、殺して欲しい人間を自殺させることができるのである。

ただ、これはさすがに容易なことではない。

人はどんなに暗示をかけられても、自分を守ろうという気持ちも強くあるため、よほどうまくやらないと失敗に終わる。

十件仕掛けて、成功するのはせいぜい三件。

成功報酬にしているので、文句は出ていない。

これは、絶対にばれない殺しだった。

なにせ、自殺なのだから。

つい最近も、組合橋のところでお店者に首を吊らせるのに成功した。

依頼してきた船堀村のあの婆さんは家の暮らしこそ余裕があっても、現金はあまり持っていなかった。

だが、話を聞くと、夢屋は死んだ息子たちに同情してしまった。

苛められるつらさはよくわかる。自分も両国で先輩の易者にずいぶん苛められた。

そのつらさと、婆さんのやりきれなさがわかったので、引き受けた。

ただ、婆さんの覚えが悪いので大変だった。

花房屋の弁蔵というのに言って聞かせる台詞がなかなか覚えられないのだった。

同時に、弁蔵がよく行く飲み屋にも通い、酔った弁蔵に婆さんにこう言われたらこうしなくちゃならないんだと吹き込んだ。

さいわい、仕掛けはうまくいったらしい。

それはおそらく、弁蔵自身に死にたいという気持ちが隠れていたからに違いない。ああいう他人に厳しく当たる男は、どこかで自分を嫌っていたりするものなのだ。

この仕事を始めて以来、夢屋は人間の心というものに、ずいぶん驚かされてきたものだった。

「こうだろ？」

と、竜之助は夢屋の戸口に立って言った。

「え？」

夢屋が驚いて振り向いた。

着流しに黒紋付、腰に十手、おなじみ八丁堀の同心が立っていた。

「ヘビを見たら紐を首に巻き、片方をどこかに結ぶ。こうすると、ヘビは仲間が苦しめていてくれると思って、攻撃をやめる……そんなふうに教えたんじゃねえかな」

「ほう」

鋭い男らしい。いつか、自分の前にこういう男が現われる。それはどこかで予感していたような気がする。

「それで、牛が来たら、橋の欄干を越えて逃げるしかない。でないと、どこまでも追ってきて、ツノで突き殺されるだろう」

「何をおっしゃってるのか」

「人ってえのはさ、しつこく言っていると、だんだん思い込んでしまうものなんだ。奉行所の取調べでもあることでさ、お前がやったんだって言いつづけると、やってもいねえ犯行をやったと思い込むやつがいるんだから」

「……………」

「人の心ってのはもろいんだよな。だからこそ、人はいっぱい考えながらやっていかなくちゃならない。生きていくのはつくづく大変なんだ。でも、それを逆手に取って利用するなんてことは許されねえぜ」

夢屋はがっくり膝を落とした。

「さ、行こうか」

竜之助は近づいて、声をかけた。

夢屋の手の中でかざぐるまが回っていた。小さな声で何か言っていた。

「何だって」

竜之助は耳を近づけ、それをすこしのあいだ聞いた。

子どものころに聞いた風のささやきのような声だった。

「まあ、いい。行くぜ」

夢屋を立たせた。神妙について来るつもりらしい。

だが、文治はさっきから竜之助がちっとぼんやりしたような目をしているのが気になった。

考えごとをするときのぼおーっとした目とは違う。あれはいちばん中心には凝縮された光がある。思考の閃き（ひらめ）がひそんでいる。こっちは中心を無くしたさまようような視線だった。

十三

呉服橋（ごふくばし）前。北町奉行所の前だった。

暮れ六つのあとで、昼間は賑わった門前も、いまはほとんど人けが絶えた。門の中で焚(た)かれた篝火(かがりび)の赤い明かりが洩れてきて、地面を赤く照らしている。

男二人――見沼倫太郎と春沢修吾が、お濠(ほり)ぎわに立つ松の木に寄りかかるようにして、門の中から出て来る男たちを見張っていた。

小者を二人つれた男が出てきた。格好から察するに与力のようである。

「あれはやたらと肩肘を張ってますが、実戦では使いものになりませんな」

と、春沢は言った。

「そうか」

見沼は力なくうなずいた。

「ええ。わたしにはわかります。あの手の男が山ほど京都に入ってきました。最初は、富士山が横綱の化粧まわしをつけたみたいに堂々としています。まあ、それもせいぜい十日でしょう。どれも、あまりに血生臭いのに震えあがり、一、二度の剣戟(けんげき)で逃げ帰って行きました」

「ふん」

「もっとも、それはそれでまともな神経なのかもしれません」

「そうだな……」

明らかに心を病んだ顔で、見沼はうなずいた。

次に、着流しで黒羽織の男が出てきた。小者は連れておらず、ゆっくりした足取りである。

「あの方は品がいいですね」

骨董（こっとう）でも見定めるような目で、春沢は言った。

「品がな」

見沼は、力なくうなずいた。

「しかも、剣のほうもかなり」

「む」

見沼と春沢は、この同心のあとをつけた。

同心は呉服橋を渡ると、八丁堀のほうには向かわず、一石橋（いっこくばし）のほうに歩いた。

ほんの五、六歩進んだところである。

「お待ちを」

声をかけたのは見沼だった。

見沼は同心の前に立ち、

「葵新陰流、見せてもらおうか」

と、ふらふらしながら言った。

「なんだと」

「お相手を」

「笑わせるな。そのほう、刀も差しておらぬではないか」

と、同心はじっさいにも笑った。

着流しの前はだらしなくはだけ、中にも何か隠しているような気配はない。まったくの丸腰である。

「大丈夫だ」

と、見沼はぼんやりした口調で答えた。

「狂人か」

「……………」

「見逃してもよいがその目つき、わしが見逃せばほかで悪さをするだろうな」

そう言って鯉口を切った。

「やるのか」

同心はもう一度、訊いた。

「来いや」

不思議だった。無腰なのに、刀の存在を感じさせた。まるでどこかに見えない刀を隠しているように思えたほどだった。

同心は刀を抜いて、袈裟がけに肩甲骨あたりを叩くように斬るつもりだった。命までは失わないだろう。

だが、その思惑が踏み出しを甘くした。

見沼はこの斬りこみを避けるように一歩、後退したように見えたが、そうではなかった。ふいに逆襲に出た。

あるはずのない刃が光った。

同心は、逆に自分が袈裟がけに斬られ、ちらりと勤め先の北町奉行所を見ながら、突っ伏すように倒れこんでいった。

第三章　美味の裏側

一

どうにか半分以上にまでふくらんだ程度で、そう大きな月ではなかった。それでも、清らかな夢にはふさわしいような、やさしい白い光が降り注いでいた。

福川竜之助と岡っ引きの文治は、ちょっとした調べで遅くなってしまい、奉行所にもどる途中だった。

牛込（うしごめ）あたりの外濠に差しかかったときだった。

バシャバシャという水音がした。

「あ」

文治が先に足を止めて、

「福川さま、いまの男」

「うん。騒ぐなよ」

竜之助はそう言って、用水桶の陰に隠れるようにした。

男は竿を使わず、釣り糸の仕掛けだけで、鯉（こい）を釣り上げたところだった。このあたりの鯉を釣ることは禁じられている。将軍のための鯉だからである。

当然、丸々と肥えている。いまのも、ちらっと見えただけだが、空を泳がしたいくらい大きな鯉だった。

釣り上げたあと、すばやく袂に入れ、それを抱きかかえるようにした。中であばれているのがよくわかる。匂いやうろこがべったりとつき、あとで洗濯が大変だろう。

「ふん縛りましょうか」

と、文治は言った。

「待て、待て」

腕まくりする文治をなだめて、竜之助はあとをつけることにした。

男は足早に濠から遠ざかって行く。

牛天神（うしてんじん）の門前町にやって来た。急な坂道にへばりつくような一角である。

辿り着いた長屋はぼろぼろである。屋根も壁もツギハギだらけで、雑巾を固めたような長屋だった。

そのくせ、景色だけはいい。正面にお城が見える。

幾重にも石垣や櫓（やぐら）が重なった巨大な城である。

向き合っていると、これから千代田（ちよだ）の城を攻めようかという戦国武将のごとき気概すらわいてくる。お濠の鯉ごときが何だと。だが、気概がわいても、いまの貧乏に立ち向かうのは難しかったのだろう。

「母ちゃん、鯉で滋養をつけよう」

と、男は戸口のところで声をかけた。

「………」

返事は聞こえない。物音もしない。

「母ちゃん……」

声音が変わり、男は鯉も放り出して飛び込んだ。

病気の母親に食わしてやろうと思ったらしい。だが、それは間に合わなかった。

長屋が騒がしくなってきた。

文治も神妙な顔をしている。

「帰ろうぜ」

と、竜之助は言った。同心には、帰ることしかできない事件もある。それはなってみて初めてわかったことの一つだった。

また、お濠の前を通った。

見回りの者とすれ違う。滑稽なくらい偉そうな歩きっぷりである。

あいつに見つかっていたら、病気の母親も何も、関係はなかっただろう。こづかれ、叩かれ、悪口雑言を投げつけられたあげく、いまごろ番所から追い出されたことだろう。「この程度で済んだのもお情けだ」と、恩まで着せられて。

――お城の人は、こういうことをいつまで続けるのだろうか？

と、竜之助は憂鬱な気持ちでそう思っていた。

二

「いい祝言だった」

「料理も最高だし」

「末長く繁盛し、江戸を代表する料亭となるでしょうな」

十人ほどの客が、白無垢の花嫁と、紋付袴姿の新郎を見て、うなずきかわした。

その中には、南町奉行所与力の高田九右衛門もいた。

ここは神田紺屋町二丁目のちょっと奥まったところにある料亭〈不倒翁〉である。不倒翁というのは、だるまのことらしい。

花嫁は、ここの女将のおきん。

美人と言うには微妙なところがあるが、愛嬌があって、誰にも好かれるだろう。むしろ、こういうほうが、店の女将にはふさわしい。

花婿は、板前の丈二。

無口だが、仕事では絶対に手を抜くことはない。その強い意志は引き締まった口元にも表われていた。

ここは近ごろ大評判の店である。いままで味わったことがない料理を出すというので、そう広くもない店に、文人や著名人が押しかけている。

この店を最初にほめたのは高田九右衛門だった。

高田は最近、「八丁堀味見方与力」などといわれて、戯作などでも評判になりつつあった。

捕り物での手柄ならともかく、味見方とは何だと怒る人もいるだろう。だが、高田は怒らない。「味見方とはうまい言い方よのう。じっさいに奉行所内に設置してもよさそうだ。ふっふっふ、高田九右衛門味裁きなんてな」と、悦に入っていたほどである。

もっとも奉行所というのは、民生全般を見るところである。したがって、こうした食べ物屋の世界が活況を帯びることに与力が関与するのは、けっして本来の仕事を大きく逸脱しているわけではない。

その高田がほめてくれるというと、たいがいの店はよだれを垂らさんばかりにありがたがるが、不倒翁はそうではなかった。

「わたしどもはひっそりとやっていけたらいいので」

と、丁重に断わりもした。

だが、高田が相手の気持ちなど斟酌するわけがない。

「よい、気にするな」

と、的外れな返事をして平気である。まさか与力に「迷惑だから」とは言えない。店側もどうせ瓦版の絵の隅に、吹き出しの文句みたいに載る程度だろうと甘くみた。

高田の偉いところは、平気でごちそうになったり、袖の下をもらったりするくせに、評価は公正なところである。

不倒翁は高田からもちゃんと代金を取っていたのに、高田は自らが監修する〈江戸うまいもの番付〉で、この新参者を関脇においた。

それでいっきに人気店になった。それまでは、裏店(うらだな)の変なものを食わせる店という評価しかなかった。

そもそも、この祝言を強く勧めたのも高田だった。

「こういうことも宣伝だぞ。神田の食通を呼ぶのだ。呼ばれた者は長くひいきにしてくれるぞ」

町奉行所の与力に言われれば、やらないわけにはいかなかった。

最後に三三九度を終え、新郎と花嫁は早々と奥の間に向かうことになった。奥の間といってもそう気取ったものではない。

祝言がおこなわれたのは板敷きの客間で、調理場の奥の廊下を突き当たると、二人が寝起きしている部屋というわけである。

客間こそ二十畳ほどあるが、暮らしのための部屋は裏の一部屋だけで、小さな家なのである。店の表もほとんど目立たない。高田に触発されてやってきた食通たちは、よくもこんなところを見つけたものだと感心した。

だが、高田にはうまい店を見つけるための独自の手法がある。食通たちには教えないが、竜之助あたりにはぺらぺらとしゃべる。それは、

「店の前に立って、しばらく匂いを嗅ぐのさ」

というものだった。うまいものはうまい匂いがする。まずいものはまずい匂いがする。これは、ほぼ例外なく当てはまるという。

高田はふらふらと町を歩いては、店の前に立ち、しばらく深呼吸を繰り返す。竜之助はそんな高田を見かけたことがあるが、あまり見栄えのいいようすではなかった。「料理の姿が見えてくる」くらい匂いを嗅いでから、のれんをわけるのだという。

さて、主役の二人はいなくなったが、お開きとはいかない。まだ大皿にはたっぷり料理が残っているし、酒も存分にある。

半分ほどの客はここに居つづけ、料理と酒を楽しみはじめた。

そうたいした時間が経ったわけではない。

せいぜい茶碗一杯の飯を、おかずを食いながら平らげる程度の時間である。

厠に行ってきた鍛冶町の油問屋〈山城屋〉の若旦那が、

「奥でうめき声がするんだが」

と、言った。

「それ以上、言っちゃいけないよ」

すぐ近くにある雑穀問屋〈小田原屋〉の六十近い旦那が、艶笑落語のくすぐりでも言う調子でたしなめた。

周囲がにんまりした。

「違うんです。花嫁の声じゃない。男の声で」

「男の声でうめき声？」

「苦しげな声ですよ」

「ちょっと声だけ……」

と、小田原屋の旦那は肥っているわりには軽々と立ち上がった。

廊下の奥に行き、襖の向こうに耳を澄ますと、

「こりゃあ、ほんとに変だ。おい、丈二。おきんさん」

返事はない。

うめき声も熄んだ。

「入るよ……あっ」

大声を上げた。

寝床が二つ敷かれている。とくに豪華なものではなく、ふだん使っている煎餅布団である。枕元には行灯がともっている。

その寝床で、新郎の丈二が胸を刺されて死に、新婦のおきんが口から血を吐いて死んでいた。

いや、まだ息はあるのかもしれない。だが、こうした状況を見慣れない者にとっては、死人以外の何物でもなかった。

「た、大変だ」

小田原屋の旦那は、這うようにして客間へともどった。

「た、高田さま」

高田は黒くて大きなものに食いつこうとしていたが、

「どうした、小田原屋？」

と、箸をとめた。

「高田さまはたしか奉行所の与力をなさっていて？」

「それが、どうした？」

「早く下手人を捜し出してもらって」

「あん？」

何を言われているのかわからない。

小田原屋に背を押されるように奥の間に行った。

「あ、これは……」

そこからはほとんど声もない。すっかり呆然としている。

「南町奉行所の福川竜之助を呼んできてくれ……」

やっとのことで山城屋の若旦那にそれだけ言うと、高田は固まった。

遺体を調べるでもない。他の客に命令するでもない。ただ、固まっている。

二つの遺体とは別の方角を向き、両方のこぶしを固く握り、足は左右を一尺ほど開けたまま、これから石になろうというように立ちつくしている。

息はしてもしなくてもいいが、ときどきするのを忘れるといった感じか。目は何も見ておらず、下手すると耳も聞こえていない。

その異様なようすに、

「高田さま。大丈夫ですか」

と、ほかの招待客が訊いた。

「考えておられるのだろう」

いちおう小田原屋の旦那は気を使ってそう言った。

三

高田は福川の名前しか言わなかったのだが、町廻り同心の矢崎三五郎と福川竜之助、それに岡っ引きの文治が駆けつけてきた。

「高田さま」

「おう、福川……」

竜之助の顔を見ると、高田はようやく安心したように言った。もっとも、高田は表情が乏しいので、微妙な心境の変化までは窺えない。

「事件ですって?」

と、矢崎が先に言った。

「わしは、福川に来てくれるよう頼んだのだが」

「そんなことを言っている場合ではありませんぞ。だいいち、福川はまだ見習いの身分で、ろくな調べはできません」

矢崎はまだ強ばりが解けきれていない高田を押しのけ、奥の間へ向かった。

「これは……」

目に見える血の量はそれほどでもないのだが、匂いは凄まじい。しかも、白無垢や紋付袴といった正装であるため、かえって惨たらしく見える。

布団が二つ敷かれ、その真ん中あたりに二人は倒れていた。

「婚礼の夜だったのか……」

と、竜之助はつぶやいた。いったいどれほどの悪意が通り過ぎていったのか……。

二人がどういう人間なのか、小田原屋の旦那に説明を受けると、

「文治、息を」

矢崎は命じた。

文治がいちおう確かめるが、見た目どおりにどちらも息はない。

竜之助はすぐに、この部屋の戸口を調べた。

六畳に床の間がついている。正面が床の間で、ここは窓がない。左手に窓があるが、太い竹の格子がはまっていて、人の出入りはできない。

廊下側に雨戸が四枚はまっている。この部屋に、直接、人が出入りするには、この雨戸をはずすしかない。だが、内側から錠がしてあり、誰かが出入りした形

跡は皆無だった。

――これが殺しだとすると、密室でおこなわれたことになる……。

それは、いちばん厄介な殺しになる。

廊下の向こうの客間に客が残っている。何人かは心配げに、こちらの奥の間をのぞきこんでいた。

矢崎はいったんそちらにもどると、

「帰った人はいるかい？」

と、訊いた。

「新郎新婦が向こうの部屋に行くとき、ほぼ同時に帰ったのが五人。あと五人はそのまま飲みつづけました」

と、いちばん若そうな山城屋の若旦那が答えた。大方、食い意地の張った連中なのだろう。その五人には与力の高田も入っていたというわけである。

「途中、厠に行ったりした者はいたのか？」

「そりゃあもちろんいましたでしょう」

若旦那が答えると、ほかの男たちもうなずいた。

「とすると、ここにいた者は下手人であることが大いに考えられる」

と、矢崎は残っていた者に鋭い視線を向けて言った。

「えっ」

「下手人……」

男たちは凍りついた。

「なんだと」

高田だけがちょっと元気を取り戻したらしく、矢崎を非難がましい目で見た。

「いや、高田さま。むしろ、そっちの可能性のほうが高いですぞ」

矢崎は自信たっぷりに言い、

「なあ、福川」

と、竜之助にも感想を求めた。

「たしかに、それは否定しきれません」

竜之助もそう言うしかない。

「なんと」

高田がまた固まりかけたらしく、天井を向いて動かなくなった。

「皆さま、このまま残っているように」

矢崎はそう言って、ふたたび奥にもどった。竜之助と文治もいっしょに行く。

途中、竜之助は立ち止まった。

奥の間に入る手前に調理場がある。祝言の前には調理もおこなわれたはずだが、いまはきれいに片付けられている。ここには料理の道具も並べられていて、包丁がすぐ手の届くところにあった。

今度はじっくり二つの遺体を見た。

丈二は心ノ臓を刺され、死んでいる。ほとんど即死の状態だったろう。包丁は二人のあいだに落ちていて、おきんの手にも、丈二の手にも血のあとがあった。

おきんが刺したとも、丈二が自分で突いたとも考えられる。

おきんは口から血を流している。

「毒だろう」

と、矢崎が言った。

「たぶん」

竜之助は顔を近づけ、匂いを嗅いだ。異臭がする。毒でやられたのは明らかだった。だが、毒は飲まされたのか、飲んだのかはわからない。

一方が一方を殺し、自殺したことも考えられる。

どっちか一人のしわざなら、わざわざ殺し方を変えなくてもよさそうである。

ふつうは相手の胸を刺してから自分は毒を飲んで死ぬ。じつは逆かもしれない。毒で殺して、胸を刺して自殺というのも考えられる。

いまのところ、どっちが下手人かは、まったくわからない。

あるいは、向こうの五人のうちの誰かが下手人で、何か細工をくわえたということもないとは言えないのだ。

「福川、どう思う？」

と、矢崎が訊いた。

「まだ、なんとも」

うかつには言えない。複雑な事件である。いろんな考え方ができる。

竜之助は、文治にそっと頼んだ。

「あの五人の手と衣服をじっくり見ておいてくれ。ふとんを使って返り血を浴びないよう注意したようだが、それでももしかしたらついているかもしれねえ。それと、いちおう、持ち物は調べてくれ。印籠に毒を入れてたりしてねえかどうか。あと、残っているお膳などには絶対、手を触れさせるなよ」

「わかりました」

と、文治は客のほうへもどった。

矢崎は腕組みして考えていたが、

「これから前途洋々の暮らしが待っていたはずだろうよ」

と、言った。

「はい」

竜之助もうなずいた。老いて始めた店ではない。借金があったとしても、これからいくらでも返していける。しかも、神田の食通たちが認めてくれた。繁盛は保証されたようなものである。

「奇々怪々ではないか」

「そうですね」

「これはやっぱり福川の事件だな」

「え……」

ある程度の覚悟はあった。それにしても、こっちに振るのが早すぎる。もうすこし自分で調べて、その後の道筋を示してくれてもいいのではないか。

たぶん、矢崎は、あまり動きのない調べなどより、江戸の町をものすごい速度で走りまわりたいのだ。史上最速の同心という称号を、江戸の町の隅々まで知らしめたいのだ。

「じゃあ、頼んだぜ」

もう、出て行こうとする。足踏みまで始めている。

「はあ」

「そのうえでいちおう言っておくが、あの動揺ぶりを見ても、おいらは高田さまがいちばん臭いと思うぜ」

と、矢崎は嬉しそうに言った。

四

「高田さま。このおきんと丈二とは、以前からのお付き合いですか？」

竜之助は、目を逸らそうとする高田に、無理やり遺体を見てもらったうえで訊いた。

「そうでもない。知り合って、まだ三月ほどだ」

できたばかりのこの店にふらりと入ると、初めて食べ、たちまちここの味に魅せられてしまったという。

「では、人となりについては？」

「そんなものは、まったくわからん」

多少の会話があれば、想像がつくことだってあるだろうが、高田はすぐに否定した。

「それで媒酌人を引き受けた？」

「うむ。江戸に知り合いはおらぬというから、わしが引き受けてやったのさ。なあに、あれだけの調理の腕があるのだもの、ちっとくれえぐれた過去があっても、ちゃんと立ち直っていけるに決まっておる」

　ほかの招待された客も同様らしい。

二人の生まれや前歴などについても、まったく知らない。

ただ、ここの料理が気に入っただけだった。

「よわったな」

と、竜之助は腕組みをして唸った。

この事件を解くには、当然、おきんと丈二がどういう人物なのかを知らなければならない。

　夜も更けてきたので、高田以外の客には帰ってもらうことにした。

いずれも身元はわかっている。それに、文治によれば、手にも着物にも血の染みはなく、印籠はすべて預かることにした。

そうしたやりとりのようすを見ても、この中に下手人がいるとは思えなかった。

応援に来た検死の年寄り同心や小者をふくめ、生きてこの家にいるのは奉行所の人間だけとなった。

「そうだ、高田さま」

「なんじゃ」

「高田さまなら、この残りものの料理から、つくった人の生まれや育ちがわかるんじゃないですか？」

高田が以前、そう豪語していたのを聞いたことがある。朝、昼、晩とその家の飯を食わせてもらったら、そこのあるじや妻の生まれや育ち、好みばかりでなく、いまの身体の調子までわかると。

ここには一回分の料理しかないが、ふつうの三食分以上の種類がある。いろんなことがわかるはずである。

「え、福川、それはこれを食えということか……」

怯えたような顔で言った。

「高田さまならできますよね」

「毒が入っているかもしれないだろ?」

「たぶん、大丈夫です」

毒は三三九度の酒に入っていたに違いない。

念のため、酒の匂いを嗅いだ。かすかだが異臭がする。丈二は口にはしたが、そっと吐き出したのではないか。よく見ると、丈二の座った座布団の一部が濡れている。

酒の残りを、客間のほうの金魚鉢に入れてみた。金魚はたちまち腹を上に向けた。

「あとは、皆さん、さっきまで召し上がっていたものでしょう」

「そうは言ってもなあ」

高田がまだためらっていると、

「高田さま。おいらたちは、つねに現場で命張ってるんですぜ。試しに死体の食い残しを舐めてみるなんてことはしょっちゅうですから」

と、検死の年寄り同心が意地悪そうに言った。だが、いくら検死の仕事でも、そんなことをするわけはない。この同心も、つねづね高田の閻魔帳を憎々しく思っている一人だった。

「じゃあ、最初にわたしが毒見しますよ」

竜之助はそう言って、残っていた大皿の料理を一通り食べた。客がさっきまで食べて、いま何ともないのだから、大丈夫に決まっている。

それを見ると、文治もあわてて竜之助の真似をした。

「ほんとにうまいな」

竜之助がそう言うと、

「ええ。寿司とはまるで違ったうまさですね」

文治もうなずいた。

身体のほうは、やはりなんともない。

「ほらね」

竜之助の笑顔を見ると、高田はいかにも仕方なくといった調子で食べ始めた。

だが、いざ食べ始めると、やはり食いものに対する興味は並外れているらしい。すぐに味を検討するのに没頭した。竜之助は高田がときどき話す言葉を、手帖に書き取った。

「山椒(さんしょう)を少々」とか、

「脂は猪(いのしし)か」

「焼いてから蒸した」

　といった断片的なものが多い。竜之助には思いつかないような感想も混じる。

だが、そのうち、

「ううむ、これは……」

　高田がふいに腕組みして唸った。

「どうしました？」

　と、竜之助は訊いた。

「これはわしが漠然と思っていたより、もっと柄の大きな料理なのかもしれぬ」

「柄が……？」

「京風だの、長崎のしっぽく風だのといった話ではない」

「どういう意味です？」

「見た目はいかにもそこらの料亭で出すようなかたちになっている。材料も豆腐や魚、野菜など、おなじみのものだ」

「たしかに」

「だが、違うんだ」

「違う？」

「わしは、あの二人が見た目も名前も、話しっぷりも、日本の人間と変わりがないため、てっきり日本人だと思ってきた。丈二こそ、無口で片言しか話さなかったりしたが、そんなのは腕のいい料理人にはいくらもいる。だから、疑ってみることはなかったが、もしかしたら……」

「日本人じゃねえと？」

「うむ。たとえば、この料理さ」

と、高田は鍋仕立てになった料理を指差した。ずいぶん少なくなったが、汁の中にさまざまな野菜と、魚のすり身を団子にしたものが浮かんでいる。いわゆる鍋物だが、汁の色は黄色に白を溶かしたような不思議な色合になっている。

「これを食うと、額にぱあっと汗が滲(にじ)んでくる」

「あ、たしかに」

竜之助がうなずき、

「あっしもそうでした」

文治も認めた。

すごく辛いものならわかる。だが、たいして辛くもないのに汗が出る。それは不思議な感覚だった。

「これはたぶん香辛料のせいなのだ。こんなもの、ほとんど江戸には入ってきていないだろう。もしかしたら、うんと暑いところか、寒いところの料理かもしれぬ。わしの勘だと、たぶん暑いところの料理……」

「ほう」

と、竜之助は感心した。

「それと、これは肉を食い慣れている者の料理だ。魚や豆腐を肉の代わりのように用いたりする」

と、高田は断言した。

「どういうことですか？」

「魚は下ろして骨を取り、何枚かをくっつけている。豆腐は水気を取り、平たくつぶして焼いてある。こういうのは肉の調理法だ」

「はあ」

竜之助は肉などほとんど食べないので、まるでわからない。

「そのくせ、牛、豚、トリを、ほかの素材をよそおいながら使っている。ほら、これなんざ、だいぶ脂は抜いたが、たぶん牛の肉だ」

高田がネギに挟んで焼いた料理を指差すと、

「うえっ、牛の肉……」

文治は顔をしかめた。

竜之助などはそれがいちばんうまかった気がした。

「だから、どれもいくぶん脂っぽいだろう」

「たしかに」

「丈二がよく考えたと思うのは、かたちをわが国の料理らしくしたのと、十二品ほどの料理のうち、最初のうちはそういうのは出てこないところなのだ。異国風のやつは、三つめ、四つめあたりから出てくる。客は気づかないうちに、異国の味になじませられるのだ」

と、高田は大皿を指差して言った。

「そうだったんですか」

竜之助は感心した。

だとしたら、じつに巧みな演出だった。

だがもう、弟子も育てないまま、この店は終わる。そういう運命の店がたまにある。なんでこんないい店が潰れてしまったのかと首をかしげたりするのは、そういう店なのだ。

五

高田の話を一通り聞いたあと、

「よう、文治」

と、竜之助は言った。

「へい、何でしょう?」

「この二人は、ここに来て三月ほど経っている。隣り近所ともいくらかは触れ合いもあったはずだ。何か、変わったところはなかったか、聞き込んできてもらえねえか?」

「わかりました。死んだことはしゃべってもいいんですね」

「ああ、どうせばれることだ」

文治が近所の聞き込みに行っているあいだ、竜之助は二人の荷物をつぶさに調べることにした。

ところが、驚いたことに、二人の荷物というのはほとんどないのである。

おきんの着物や、丈二の身の回りのものは衣紋掛けに下げたままである。

タンスも行李もない。縁起物も飾りもない。殺風景なことこの上ない。

——ほとんど、旅人のようじゃねえか。

と、竜之助は思った。

葬儀の準備のことなどもあって、町役人たちの出入りも始まった。家全体が慌ただしくなってきた。そのくせ、高田はやることもなくなったらしく、ぼんやりと客間に座っている。

四半刻（三十分）ほどして——。

「お待たせしました」

と、文治がもどって来た。

「どうだった？」

「向かいも両隣りもまったくと言っていいほど付き合いはありません。挨拶くらいはしていましたが、冷たい感じだったそうです。ただ、湯屋の番台の娘だけが二人のようすをよく見ていて、面白いことを言いました」

「なんと？」

「あの二人って、女の人のほうがうんと身分が上だったと思うと」

「ほう」

「手ぬぐいを渡すときや、外で女が出てくるのを待っているときのようすなど、まるで召使いが姫に仕えているみたいだったそうです」

「なるほど」

竜之助は感心した。湯屋の娘の観察眼はかなり鋭い。この高田さまと比べたら……。

するとそれまでぼんやりと文治の話を聞いていた高田が、

「あ」

と、言った。

「どうしました、高田さま」

「いや、なに、あのおきんが金を持っていたのは間違いないのだ」

「どういう意味でしょう？」

「ここは、もともと〈だるま〉という名の流行らない料亭だった。つぶれそうになっていたのを、おきんが安く買ったのだ。ぽんと現金でな」

「へえ、現金で」

文治が感心した。

「だるまも不倒翁も同じ意味だから、皿ものれんも替えずに済む。それで、料理の道具も客用の皿や椀も、なにもかもひっくるめて購入していたのさ。だが、そんなことができたのも、おきんが現金を持っていたからにほかならない」

「なるほどね」

大店のあるじならともかく、ふつうの町人にはありえない。

「それと、わしは一度だけ、変な光景を見たのを思い出した」

と、高田はいつもどおり表情を変えないまま言った。

「わしが料理を食っているとき、おきんが丈二を小声で叱責したような声がした。わしはすぐにそっちを見た。丈二はうつむいて、おきんの叱責を受けているみたいだった。そのときはもう、声はよく聞こえないし、かすかに聞こえるのも日本語だった。ところが、最初の叱責の声というのは、何と言ったのか、まったくわからなかったのさ」

「異国の言葉みたいに？」

と、竜之助が訊いた。

「まさに、そうなのさ」

高田は重々しくうなずいた。

いちおう見ているのである。それを肝心なときになってもなかなか思い出さないというところが、高田の高田たるゆえんかもしれない。

「それと、驚いたときの身振りなども変な感じがしたぞ」

どんどん出てきた。

「そうしてみると、二人は異国の人間だったかもしれませんね」

「横浜から流れてきましたかね」

と、文治が言った。

「横浜かあ」

竜之助はどうもしっくりこない。開港してそうは経っていない。それだったら、誰も気づかないほどに言葉はうまくならないような気もするが……。

「行くしかないですね」

と、竜之助は言った。

江戸市中で二人も死んだ大きな事件である。手がかりがないからとうっちゃっておくわけにはいかない。

「どこに？」

「横浜に決まってるじゃないですか。高田さまもごいっしょに」

「えっ」

高田がまた、完全に固まった。

六

「いい天気になりましたよね」

と、洗濯物を干しながらお寅は言った。

巾着長屋の路地から見える狭い空も、澄んだ青色で満たされている。

「そうですね」

若者は爽やかな笑顔を見せた。洗濯板に着物を押しつけるようにしているが、手つきはどこかぎこちない。

「物見遊山にでも行きたくなるような天気じゃないですか」

「ああ、たしかに」

「お武家さまに限らず、近ごろは横浜見物に出かける若い人が多いらしいですよ」

「そうなのですか」

「ものめずらしい文物に触れ合えるそうです。そういえば、牛の乳をしぼって飲ませてくれたりするそうですよ」

巾着長屋からも、若い者が何人も横浜に行っている。居留地では、絶対に仕事をするなと言いつけてある。あそこは日本のお裁きとは別で、スリに対する裁きも厳しいらしい。巾着長屋の者ではないが、居留地で仕事を働き、ペストルで撃たれた者もいるらしい。幸い、かすり傷で済んだが、射殺されていても文句は言えなかったらしい。

「牛の乳ねえ」

「おいしいそうですよ。ほのかに甘くて」

「あまり食欲はわかないなあ」

と、若者は笑った。

「こんなことまでしていただかなくていいんですのに」

「いいえ、お寅さんがすることはすべてやりますよ」

若者は汚れた子どもの着物を洗い終えて、ぎゅっと絞ると、ぱんぱんと気持ちのいい音を立てて、水気を切った。お寅のやるのを見て、すっかりコツまで会得したらしい。気持ちがやさしいだけでなく、賢いのである。

「もう、ないですか」

「ええ、終わりですよ」

「じゃあ、新太たちと遊んできます」

若者は通りのほうに出て行った。

津久田亮四郎と名乗ったこの若者は、まだ少年の面影を宿していた。

半月ほど前、日本橋界隈でひさしぶりに撒いた散らしを読んだらしく、

「わたしでは手伝いになりませんか?」

と、やって来たのだった。

最初、お寅は、若い儒者かなと思った。髪は総髪にし、刀も差していない。あるいは医術を学ぶ若者かもしれない。

「おいくつでいらっしゃいます?」

と訊くと、

「十四です」

恥ずかしげに答えた。

若い。顔立ちも少年といったほうがいい幼さが残る。だが、どこかに少年の季節を飛び越えた意志の力のようなものを感じた。だから、若者という言葉のほうがふさわしい気がした。

身体は丈夫そうではなかった。なにより顔色が悪い。話しながらめまいでもしたようにふらりとした。だが、細いわりに筋力はしっかりして、動きにはまるで

不自由を感じさせなかった。

「学問でもなさっている？」

「あいにく学問はまるで。武芸一辺倒でしたので」

そんなふうには見えない。

「江戸育ちで？」

「いえ。西国（さいごく）の某藩から。ただ、わけがありまして」

「あ、そんなことはいいんですよ」

くわしくは訊かない。父が浪人でもしたのかもしれないし、いまなら脱藩もありうる。

「では、武家の坊ちゃんがこんなことを」

「いいんです。何もせずぶらぶらしているより、人の役に立ちたいのです」

と、津久田亮四郎はきっぱりと言った。

人の役に立つ。

そんなこと、自分が若いときは考えもしなかった。生きるのに必死だったし、他人のことなどはっきり言ってどうでもよかった。

他人の人生、他人の痛みやつらさ、そういうものがわかってきたのは、この数年来のことではないか。

それを津久田亮四郎は、なんのてらいもなく、やれるのである。

「わぁい、津久田さま。こっちだよ、こっち」

表通りから喜ぶ声が聞こえてきた。

子どもたちにも好かれつつある。

同心の福川さまも子どもたちには人気があるが、なんせあちらは若者といっても立派な大人である。こっちはほとんど同年代で親しみやすさが違う。

「ほんとにいい若者だこと」

お寅は満足げにつぶやいた。

七

横浜の海は青く、遥かに広がっていた。大きな蒸気船が港の沖に点在するのも、この海を大きく見せるのに役立っていた。

まさに、この海は世界に続いているのだ。それは、いくつかの港を開くまで、なかなか実感できることではなかった。

横浜の入り口に立っただけで、不思議な雰囲気に包まれた。

ここは日本ではなかった。

建物の様式も、歩いている人の肌や髪の色も、かわされる言葉も違っていた。そして何より活気があった。それは、両国広小路や、浅草の奥山などの歓楽街の活気とは一線を画していた。世の中が大きく動こうとしているときの最前線にある速度——そうしたものが感じられた。

竜之助は、

——来てよかった……。

と、思った。これは、じっさいにこの目で見なければわからないことだった。

横浜は、このときから四年前に開かれた新しい町である。神奈川を開くという約束だったが、すこしでも江戸から遠ざけようと、横浜に土地を与えた。もちろん、すったもんだはあったが、そのまましらばくれた。

「凄いでしょ」

今回、横浜の案内役を引き受けてくれた〈なぎさ屋〉の若旦那が言った。以前、ちょっとした事件で知り合ったが、横浜には始終来ていて、向こうの言葉もずいぶんできるようになったらしい。

若旦那がどういう意味で凄いと言ったのかわからないので黙っていると、

「家のつくりがまるで違う。こんな家に住んでみたいと思いませんか？」

と、言った。家のことだったらしい。

たしかに江戸の町並とはまったく違う。江戸の家は瓦や壁が黒く、町全体が黒っぽい。だが、横浜の町並はもっと明るいのである。壁は白く塗られ、門や塀で囲まれていたりもせず、開放的である。

若旦那が見とれる気持ちもわかった。

居留地の中ほどへ進むと、港のようすはよく見えてきた。長い桟橋が二本、海に突き出している。うち一本の先はいくらか湾曲していた。

ここに沖の蒸気船からはしけが往復していて、膨大な荷物の荷揚げがおこなわれている。どうやら蒸気船は大き過ぎて、直接、接岸しようものなら、座礁してしまうらしい。港全体を見渡すと、外つ国からの大きな船は二十艘、それにわが国の船もちらほらと混じっているらしい。

荷揚げに従事しているのは、日本人と向こうの人と半々らしい。いずれも筋肉が盛り上がったいい身体をして、流れる汗が光っていた。

待っていた男がいま、ついたばかりの箱の一つを無雑作に開け、中から赤い果実を取り出して、がぶりと嚙んだ。爽やかな酸味のある香りが、三間ほど離れたこっちのほうまで匂ってきた。

若旦那が男の近くに行って、何か話しかけた。男がうなずくと、若旦那は巾着から銭を取り出し、男に手渡した。男はかわりに果実を三つ箱から出した。

「食べてください。異国の味ですよ」

「ほう」

若旦那の真似をして、袂で汚れを落としてから齧りついた。

シャッという爽快な音。

「うまい」

と、竜之助は笑顔を見せた。

「うまいでしょ？」

みかんとも西瓜ともまるで違う爽やかさである。

「高田さまも来ればよかったのに」

と、文治が言った。

高田はなんとしても嫌だと言い張り、高田さまが来ないとわからない匂いや味があるというと、おこりのように震えだし、昏倒してしまった。

いつだっけか、奉行に現場の指揮を取るように言われて、馬上で固まってしまったときのようだった。

あれでは連れて来るわけにはいかなかった。

来ないかわりに、味について調べるべきことを聞いてきた。

香辛料の組み合わせ。調理法。

それらはいま、横浜で食べられるのか。

それとも長崎から来たのか。

高田ではないので、どこまで突っ込んで訊けるかわからないが、たぶん手がかりはこれしかない。

「まずは、どこへ?」

と、若旦那が訊いた。

「これらの香辛料について知りたいのさ」

と、紙に包んだいくつかのそれらを若旦那に示した。

調理場にあったものを紙に包んで持参した。どれが大事かはもちろん高田の選択である。

「じゃあ、まず、食料品を多く扱っている商会に行きましょう」

海岸通りと呼ばれているらしい町の中心部へと入って行った。

竜之助は町人風の格好で来た。刀も差さず、懐に十手を隠しただけである。一時期、物騒な事件がつづいていたので、異人たちも刀は怯えるだろうと思ったのである。

だが、じっさいには二刀を差した武士もずいぶん出入りしているようだった。

「そこです、そこ」

若旦那が二階建ての家を指差した。

商会というのは、どうも問屋の仕事を壮大にしたところらしい。海外からこっちで売れそうなものを運びこませ、日本の商人たちに売りさばく。荷物の中身はわからないが、裏手の倉庫には木箱や樽がどんどん運び込まれているところだった。

若旦那は、商会の入り口に立ち、親しげな調子で何か語りかけた。

金色の髪をした細面の青年が、紙包みの匂いを嗅ぎ、首をかしげた。

「福川の旦那。これは罎に入っていなかったかと訊いてますが」

「ああ、入っていた。だが、割れたりしそうで持ってこれなかったんだ」

と、竜之助は答えた。ギヤマンの罎で、すこしヒビも入っていた。

「その罎に貼ってある品書きみたいなものを見ればわかるそうです」

「そんなのはなかったがな」

透明の壜に入っていたのである。

「それだと、やっぱりわからないそうです」

では、仕方がない。

ほかにも三つほど、商会を回ってみたが、答えはどこも同じようなものだった。

八

野宿も覚悟して来たのだが、若旦那はあっしの顔が立たないと猛反対し、夜はロイヤル・ブリティッシュ・ホテルに泊まることになった。

万延元年（一八六〇）、横浜居留地に最初のホテルが誕生した。〈横浜ホテル〉である。これにつづいて、文久二年（一八六二）に横浜で二番目のホテルとして誕生したのが、ロイヤル・ブリティッシュ・ホテルだった。

最初の横浜ホテルは和洋折衷というより日本の旅館風の建物であったが、こちらはだいぶ洋館風につくられている。

夕食もここで取るという。

窓際の景色のいい席は異人たちが占めていて、竜之助たちは奥の目立たない席に通された。

肌の黒い、身体の大きな男がやって来て、注文を取った。

なぎさ屋の若旦那は慣れていて、品書きを見てから、かんたんに指を差した。嫣然と笑みを浮かべる。これはこの若旦那の癖のようなものだから仕方がない。

「同じものを頼みました。食べきれなかったら、残してください」

初めての洋食である。

どうやって飲んだり食べたりしたらいいかさえわからないので、若旦那の真似をするだけである。

最初に皿に入った汁が出た。粉っぽい感じもするがうまいものである。これを大きな匙ですくって飲むのがちょっと面倒だった。

次に、パンが出た。じつは、田安の家にいたころ、誰かが持ち込んできたのを食べたことがある。ふわふわしているが、噛むほどに味が出る。以前、食べたものよりおいしい気がした。

そして、肉が出た。ずいぶん大きい。わらじほどもある。これを小さな包丁と刺す股のようなもので切りながら食べる。切ると血がにじみ出る。これが駄目だという人も多いそうだが、魚だって生で食えば血はにじむ。

さらにじゃがいもや豆を茹でたものもいっしょに出て、これも皿に取っていっしょに食べる。

とにかく量に圧倒される。それでも、味はしっかり確認する。

汁もみそ汁やすまし汁とはまるで違う味である。だが、不倒翁の席で出されていたものに近い味は感じた。

肉もたぶんそのものの味に近いのだろうが、香辛料の味や匂いも混じっている。

「やっぱり、つくった人に訊かないとわからねえかな」

竜之助がそう言うと、若旦那は表には出てこない料理人を呼んでくれた。

紙の包みの中身を嗅ぐと、

「これは、わたしたちも使う。こっちは使わない。これは、清人の連中が好んで使う」

と、若旦那は料理人の言葉を伝えた。

料理人が示したのは、目印として「三番」と書いておいたものである。

「清人？」

聞けば、横浜では紅毛人よりも清人のほうが多いくらいなのだという。

「明日はそっちに行ってみましょう」

と、若旦那が言った。

文治は酒が強いはずなのに雰囲気に飲まれたのか、真っ赤な顔をしている。

竜之助は周囲を眺めながらカッフェをゆっくり飲んだ。紅毛人がお茶がわりに飲む液体で、真っ黒い色をしている。何も入れないと苦すぎるが、砂糖と牛乳を入れて飲むと素晴らしくうまい。

「若旦那。これは江戸に持って行くと売れるぜ」

「そうですかね。これ自体はずいぶん昔から長崎に入ってきていたのですが、日本人には好まれなかったみたいですよ」

「そうかなあ。時代が変わったからわかんないぜ」

竜之助は横浜の活気を目の当たりにして、商売に興味を持ったのだ。

——ん？

窓際の席のほうで、怒鳴り声がした。

異人同士で何か言い合いが始まった。言葉のわからない言い合いは、暗闇の斬り合いのように物騒な感じがする。

恰幅のいい男と、やせて紅い髪をした男である。

そっと見ていると、言い合いはなかなかおさまらない。指を数本立ててみたり、契約書のようなものを叩いたりしている。商売上のもつれらしい。

「これが江戸の町なら仲裁に入るんだがな」

と、竜之助は言った。ここはたしか、各国の軍隊が治安の維持につとめているはずである。余計な口出しはできないし、だいいち言葉が通じない。

そのうち、二人は部屋の隅にあった戸口から、庭のほうへ出て行った。それぞれが店の者に命じて、自分の武器を持ってこさせた。どうやら、決闘ということになったらしい。

窓際の客は避難したが、竜之助と文治は戸口のところまで出て行った。決闘のなりゆきを見守るつもりである。

庭はせいぜい百坪ほどだろう。芝生が敷かれているだけなので広く見える。前方の建物はまだ建築中で、骨組しかできていない。

二人は小声で何か話し、互いに十歩ずつ離れて向かい合った。

これから殺し合いをするというのに、それほど緊張したようすはなかった。刀の立ち合いと違って、ずいぶん離れたままなので、どこか他人ごとのように感じているようにも見える。

小銃とペストル。

恰幅のいいほうが小銃を持ち、紅毛のほうがペストルを腰に差した。ペストルは変わったかたちのきせると煙草入れのようにも見えた。

しばらくのあいだ、黙って向き合っていたが、港の船の汽笛の音を合図としていたらしい。

ぷぉーっ。

という音が鳴り響くと同時に、双方の銃が発射された。

音が凄い。小銃のほうの弾は当たったようだが、わき腹をかすめた程度らしい。血は流れ出しても、致命傷ではない。次の弾をこめようとしているとき、六連発が次々に発射される。だが、なかなか当たらない。数歩近づきながら撃ちつづけると、ようやく最後の一発が当たった。

恰幅のいい男が、仰向けに倒れた。

頭に穴が開いたのが見えた。

「ペストルはつづけて撃てるが、命中する率は低いみたいだな」

と、竜之助は文治に言った。

だが、決闘はかんたんにおさまらなかった。

勝利した紅毛の男が中に入ってきて、ホテルの支配人に向かって何か怒鳴りはじめた。

「まだ、騒いでるな？」

と、竜之助は若旦那に訊いた。

「支配人は領事に連絡すると言ってますが、あの男はこれはただの喧嘩だと言っています」

「ははあ」

「だが、支配人はそうはいかないと」

なぎさ屋の若旦那が怯えながらも、二人のやりとりを訳してくれる。

男はペストルに弾をこめ始めた。腰のベルトから一発ずつ取って、ペストルの回転するところにはめ込んでいく。

「まさか」

と、文治は目を瞠（みは）った。

「いや、わからんぞ」

紅毛の男はすでに自分を見失ってしまったらしく、支配人にも銃を向けた。

「待ちなよ」

竜之助が男の前に立った。

あいだはおよそ二間。さっきの決闘よりも距離は詰まっている。

紅毛の男が激昂したようすで何か言ったが、ふと目を瞠った。竜之助に怯えが見られないことに気がついたらしい。

銃口が竜之助に向けられ、引き金が引かれようとしたとき、竜之助の手からつばくろが飛んだ。

円は描かず、一日禁煙した煙草呑みのきせるのようにまっすぐ男の手元に突き刺さっていく。

がちっ。

いつもの刀の鍔に食い込むときより、重い音がした。

男ははじめて見る奇妙なかたちをした武器に目を瞠った。

竜之助はすぐに手を強く上下に振った。これが相手の腕に激しい衝撃を伝えるのだ。

銃声はなかった。

紅毛の男が雷に打たれたようにペストルを放したのと、軍服を着た二人の男が飛び込んで来たのは、ほぼ同時だった。

「福川さま」

文治が駆け寄った。

「ああ。大丈夫だよ。それより……」

竜之助は不思議な表情で宙を見ていた。

あの男と向き合ったとき、どこかから声がしたのである。

その声は竜之助の心の奥のほうへと入り込んできた。

聞いたことのある声だった。夢屋の声だったかもしれない。

文治もまた、その異変に気づいていた。竜之助の表情が一瞬、放心状態のようになったのだ。これまで何度も竜之助が戦うところを目の当たりにしてきたが、そんなことは初めてだった。

——やっぱり夢屋に何かされたのだ……。

あのときの不安が的中したのだ、と文治は思った。

九

翌日——。

朝食を済ませると、早めにロイヤル・ブリティッシュ・ホテルを出た。

矢崎に、横浜まで行って来たいと言ったらずいぶん嫌な顔をされた。物見遊山に行くのではと疑ったらしい。ぐずぐずしていると何を言われるかわからない。なんとしても今日中に、調べに目途をつけなければならない。

横浜には、清人が大勢入ってきている。それはそうで、鎖国のあいだも、オランダと清とは貿易を続けてきたのだから、もともとなじみがある。

加えて、西洋の商会の連中は、日本の言葉がまったくわからない。このため、すでに進出していた香港（ホンコン）や上海（シャンハイ）から、中国人を通辞としてつれて来た。なんといっても漢字を使う同士で、筆談ができるのである。

おきんも丈二も、そういう連中だったのだろうか。

「清人たちは向こうのほうにまとまって住んでいます」

と、なぎさ屋の若旦那は居留地の中ほどを指差した。

「遠いのかい？」

「いえ、海からちょっとだけ離れていますが、すぐそこです」

清人の街に行ってみた。

土地はそう広くないが、この一画に五百人近い清人が暮らしているという。

紅毛人の一画とはまったく違う。建物はそう立派とは言えないが、家の装飾などに赤色が目立つ。

清人をくわしく見た。

髪を一本に結んだ不思議な頭をしている。

女もいた。前髪を垂らして、切りそろえている。

だが、丈二はチョンマゲを結っていたし、おきんの髪もふつうの女の髷(まげ)だった。

道端で小さなかまどのようなものを出し、そこで料理をしている女がいた。一家で食べる分にしては多すぎる量を、大鍋で炒めている。高田の真似をして、深呼吸しながら匂いを嗅いだ。やっぱりうまそうである。

竜之助はその前に座り、懐からいくつかの包みにわけた香辛料を取り出し、まずその匂いを嗅がせ、女がつくっている料理を指差して、首をかしげた。

「これを使っているか？」

と、訊いたのである。

女は最初、これを使えと言われたと誤解したようだったが、すぐにこっちの訊きたいことがわかったらしい。五番まである包みの匂いを嗅ぎ、二番の包みはこの料理に使ったと指を差した。だが、四番と五番の包みについてはわからないらしく、しきりに首をかしげるばかりだった。

ここで酒屋をしている清人が日本語がわかるというので、その店で二人のことを訊いてみる。

「清人の仲間に、じょうじとおきんという男女はいなかったかい？」

だが、男は首をかしげ、店にいた他の者に訊いても誰も知らないらしい。

じょうじは腕のいい料理人だとも付け加えた。

「だいたい、じょうじとおきんというのは、わしたちの名ではないよ」

「嘘の名かもしれねえんだ」

「それが嘘の名で、しかも清人なのかもしれない。でも、わしらとは違う入り方をしてるかもな」

「違う入り方？」

「直接、大陸から来たのではなく、いろんな島をつたって来る者もいる。いったん長崎に落ち着き、正式に港が開いてから動き出したのもいる。そうした連中はすでに日本になじんでいて、見分けがつかなかったりするらしいよ」

「なるほどな」

竜之助もその答えには納得した。

生きているときのおきんや丈二とは会ったことがない。それでも、何となくここにいる清人たちとは違う気がしたのだった。

十

清人街を出て、もう一度、海辺のほうに引き返す途中、

「じょうじ！」

と、呼ぶ声がした。

竜之助と文治は思わずそっちを見た。

髪は黒いが日本人とはまるで違う顔つきをしている男が木箱を運んでいるところだった。木箱は日本の箱のようにきれいに鉋(かんな)がかかっておらず、手袋を使わないとケガをしそうである。

「なに、おきん？」

じょうじと呼ばれた男は、自分を呼んだ女に訊いた。

女のほうは明らかに日本人である。島田に結って着物を着ている。

「じょうじと、おきんだって？」

二人は商会などとはまるで違うつくりの家の前にいた。ちらっと見ると棚には酒瓶がずらっと並んでいる。どうも雰囲気からすると、これは紅毛人が集まる酒場なのかもしれない。

竜之助はすぐになぎさ屋の若旦那に通辞を頼んだ。

若旦那もそう難しいことは伝えきれない。だが、だいたいのところはわかった。

「ああ、それはたぶん、スイレンとマントウだな。あの二人のことはよくわからない。スイレンとマントウという名前も、嘘に決まっている。花とお菓子の名前だからね。別々に大陸から来て、いったん長崎に入り、何年かいたあと、開港をきっかけにこっちに来たらしい」

と、じょうじが言った。

「やっぱり」

と、竜之助はうなずいた。

だから、日本の言葉が身についていたのだ。

「マントウはうちでしばらく働いた。料理ができるというので雇ったが、うちの店には合わなかった。それでも、勘がよさそうなので、そのうちいい料理がつくれるだろうと期待していたよ。だが、ふた月ほどして、スイレンがやって来て、やっぱり江戸に行くという申し出があったのさ」

「スイレンはここでは働いていなかった？」

「ときどき手伝うくらいだった。でも、しょっちゅう江戸と行ったり来たりしてたみたいだ」

そのあいだに、〈だるま〉を見つけ、買い取る話を進めたのだろう。

「あの二人がいっしょに店を開いたんだって？」

と、おきんが訊いた。

「ええ」

だが、始めて間もなく、亡くなってしまったのだが……。

「そりゃあ不思議ねえ。あの二人はなんか仲が悪そうだったよ」

「そうなんですか」

「いつも喧嘩腰で口論してたもの」

だが、二人はこの夫婦の名前を取っていた。

こっちのじょうじとおきんは若くはない。二人とも四十前後といったところではないか。

だが、お互いを見る目に思いやりがあふれていた。

「嫌いだったら、あの夫婦の名をそのまま名乗ろうとはしませんよね」

文治はじょうじとおきんの店を出ると、振り返って言った。竜之助が推測したように、あそこは酒場だった。夜になると、ずいぶん混雑するらしい。

「そうだろうな」

と、竜之助もうなずいた。

死んだスイレンとマントウは喧嘩ばかりしていたとは言うが、どこかでこの二人のように仲のいい夫婦に憧れたところもあったのではないか。

——男女の気持ちは事件の謎よりももっと難しいから……。

と、竜之助は思った。

十一

もう一度、海岸のほうへ歩いて来ると、日本人の客で混み合っている店があった。どうやら土産物屋らしい。細々した色とりどりの品物がいっぱい並んでいる。あまりにも色が彩(あざや)かで、正月飾りのたぐいかと思ったが、とくに季節は関係ないらしい。

——巾着長屋の子どもたちに何か買って行ってやろう。

ちょっとだけのぞいて行くことにした。

ところが、店の近くに来て、

「あれ……」

竜之助の足が止まった。

見覚えのある男がいた。本郷にある小心山大海寺の雲海和尚ではないか。ぼろぼろの袈裟で行脚している。

「あの坊さん、ご存じなんですか？」

と、なぎさ屋の若旦那が訊いた。

「ああ。おいらの禅の師匠なんだよ」

「へえ。ここらじゃ有名な坊さんですよ」

居留地でも、宗論をふっかける変な坊主として有名になっているという。このまま、とぼけて見ないふりをするのがお互いのためかとも思った。だが、狆海はほんとうに心配し、帰りを待ちわびている。せめてそのことだけでも伝えなければならない。

「雲海さん」

と、近づいてわきから声をかけた。

「ふ、福川……」

ぎょっとした顔を見せた。何か悪いことでもしていたのか。

「急にいなくなって、みんな心配していますよ」

「どうせ、葬式だの、供養だの、その程度のことだろう」

「その程度って……」

それが寺の仕事ではないのか。

「狆海さんも心配して」

「心配してるようじゃ半人前だ」

相変わらずああ言えばこう言う人である。

「葬式から雑事まで、和尚の代理で頑張っています」

「寺はあれにやる」

「そんな……」

だいたい寺なんて、本山の意向だのなんだのがあって、勝手にやれるものではないだろう。

――おや？

ふと、竜之助の視線が店の奥にいった。そこに金色の髪をしたきれいな異人の女性がいた。

こっちを向き、雲海に気づくと、

「オショウさん」

と、笑った。まっすぐこちらを見た瞳は真っ青である。

「ハーイ」

と、和尚も笑顔で手を上げた。

「ははあ」

竜之助は厳しい目で雲海を見た。

「あ、そなた、何か誤解してるな」

和尚は急に慌てはじめた。

「誤解だといいのですが」

「わしは、あの女人にアメリカの菩薩や観音を見ようとしているだけじゃ」

「では、まあ、そういうことに」

竜之助はあまり追求しないことにした。居どころさえわかれば、狆海も訪ねてきたりできるだろう。

「それより、そなたはどうしてここに？」

と、雲海が竜之助に訊いた。

「調べを進めるうちにここに辿り着いたってわけで」

「わしも迷いを突き詰めるうちにここに辿り着いた」

「そうでしたか」

迷っているというわりには顔色などはいい。

「なんだ、調べというのは？」

「神田で起きた事件なんですが、死んでいたのは大陸から渡ってきたらしい男と女なんです。二人はここにしばらくいたのに、清人たちは誰も知らないというんです」

「そういうことを訊くのに、ぴったりの男がいるぞ」

「それはありがたい」

「わしがこの横浜で唯一面白いと思った男だ。餃子（ぎょうざ）という清の食いものの店を出しているが、何というか、ありゃ横浜の荘子（そうし）じゃな」

「荘子って、あの老荘の？」

「そうじゃ。ただ、胡蝶（こちょう）の夢の話が大好きでな。ほれ、男が蝶々の夢を見て、自分が蝶々の夢を見たのか、蝶々が自分の夢を見ているのかわからなくなったというやつ」

「はい。知ってます」

竜之助も大好きな話である。

「なんでもそれに当てはめる癖があるのが欠点と言えば欠点なのじゃが」

どうも、雲海に劣らず変わった人物のようだった。

十二

「スイレンとマントウ？　たぶん、あの二人ね」

と、老いた料理人は白い顎髭をしごきながら言った。

仙人のようだと竜之助は思った。

前にも偽者の仙人と出会ったことがある。だが、姿かたちを似せただけだった。この人は姿かたちは仙人に似せようとはしていないが、仙人のような透徹した知性を感じさせる人だった。

つたない言葉にも、それは充分、感じられた。あの雲海がほめたので、逆にもっとうさん臭い人かと想像したが、けっしてそんなことはなかった。

「清人ですか？」

「違うね」

「違う？」

だとすると、二人の身元はたどりきれないだろう。

「でも、大陸から来た」

「どういうことでしょう？」

「この国が混乱してるように、大陸も混乱しています」

「はい」

それは聞いている。阿片にまつわるエゲレスとの戦争が終わったかと思うと、いまはキリスト教を母体にした太平天国という組織が清朝に対して反乱を企て、戦乱の真っ只中にあるらしい。

「ずっと大陸を支配してきた清は、もう力を失いつつあります。清は大きな国だが、中にはいろんな民族がいます。小さな王家もあります。その人たち、いつも自分たちの国をつくりたいと願ってきた。あのスイレンとマントウの国も、たぶん、そのうちの一つ」

「ああ、そうか」

「小さな民族でも仲間割れは起きます。この小さな日本でも、複雑な仲間割れが起きているようにね」

「そうでしょうね」

「スイレンとマントウも、仲間でありながら、おそらく考え方に相反するところがあった」

「わかる気がします」

同じ目的を持っていても、さまざまな場面で意見は衝突する。田安の家でも奉行所でも、そんな争いはいくらも見てきた。

「小さいほど複雑、大きいほど単純だったりする」

それも胡蝶の夢のようなものなのか。

「戦う日々は疲れます。緊張が心を疲弊させます」

「ええ」

と、竜之助はうなずいた。

おそらく京都もそうした状況になりつつある。

「何があったか、くわしくは知らない。でも、あの二人も疲れてきていたはず。マントウは腕のいい料理人だった。それは間違いない。スイレンはそのあるじだったかもしれない。あるいは、王家の人。とすると、マントウは王家の調理人。腕がいいはずだね」

と、老いた料理人はうなずいた。

竜之助はお濠の鯉を思い出した。

将軍しか食べられない鯉。だが、それを江戸の庶民に食べさせてやりたいと思う者もきっといる……。

何となく見えてきたものがある。

あとは、江戸にもどって高田九右衛門に確かめなければわからないことだった。

十三

福川竜之助は江戸にもどるとすぐ、南町奉行所に入り、与力の高田九右衛門に頼んで神田紺屋町二丁目の不倒翁に付き合ってもらった。

「わしはもういいのではないか」

と、高田は愚図(ぐず)った。矢崎の脅しがまだ効いているらしい。だが、ここは与力とはいえ、有耶無耶(うやむや)にするわけにはいかない。

「別に高田さまを疑うのではなく、あの場所で思い出していただきたいことがあるのです」

「思い出したくもないがな」

それでも拉致するように引っ張って来た。

家の中は、町役人たちのおかげでずいぶんきれいになっていた。

二人の遺体は荼毘に付したが、ここは奉行所の管轄でしばらくこのままにしておくことになったらしい。

スイレンとマントウ、いや、おきんと丈二は、なぜ江戸に小さな料理屋を開こうとしたのか？

それについては、〈横浜の荘子〉が一つの推測を語ってくれた。

「そこがおそらく、はるか遠方から大陸の小さな王家を支援する場所になるはずだったんじゃないかな」

「江戸から大陸を？」

「そう。稼いだ金をときに大陸へ送る。あるいは、向こうの資金をこっちで隠しておく。もっと切羽詰まったときは、王がそこへ亡命し、潜伏する」

「なんと」

「日本の王は途中で自害してしまう。だが、大陸の王は生き延びる」

と、横浜の荘子は青い空を見ながら言ったものだった。

遠い江戸から大陸を支援する。それは戦略上、考えられなくはないと竜之助は思った。ただ、そうした遠大な発想は、わが国の人間はあまり得意そうではなかった。

竜之助は、横浜で調べたことをざっと高田に伝え、

「あの婚儀の席で、新郎新婦もまじえ、何か話はなかったのですか？」

と、訊いた。

「それはあったさ」

「どんな？」

「うむ。京都の混乱についてな。みな、自分の感想を言い合ったりしてた」

「丈二やおきんの意見は過激なものでしたか？」

「いや、そんなことはない。当たりさわりのないことを言ってたな」

そこらは堪（こら）えたのだ。

「ただ、丈二は自慢していた。祝儀用の料理に新しい技を使ったと」

「なんですって」

「豆腐のそぼろあんかけのような料理があっただろう。あれが緑色をしていたのは覚えてないか」

「ああ、ありました」

見たことがない色の料理だったので覚えている。高田もとくにうまそうに食っていたのではなかったか。

「すると、おきんがひどく嫌な顔をしたのだったっけ……」

と、高田はやっといちばん大事なことを思い出した。

――それだ。

竜之助は何度か自分の考えを反芻し、大きくうなずいた。

「たぶん、丈二は、王家の料理人だったと思われます。王の料理は、王家の人たちのためのもの。民は食べてはいけない」

「そりゃあそうだ」

と、高田は当たり前のことのように言った。

本当にそうなのだろうか。

王家の権威を守ろうとする者。それを開放しようとする者。

いい、悪いの判断は難しいが、竜之助の心情は後者に与するだろう。

「だが、丈二はそれを江戸の民に食べさせようとした。おきんは反対だった。その食い違いがあったのでは」

「なるほど」

それから、二人は奥の部屋に行った。そのときはもう、おきんは毒を飲んでいる。

争うような声はなかったという。

会話はなされなかったのだろうか？

「だが、争いの理由はわかったとして、どっちがどっちを殺したのだ？」

と、高田は訊いた。

「これは証拠はありません。でも、二人のこれまでの人生をぼんやりとでも追ってみたら、考えられるのは一つだけでした」

「それは？」

「相討ちだったんですよ」

「相討ち？」

「いえ、心中と言ったほうが正しいのでしょうね」

「心中……」

ほとんど表情のない高田の顔に、一瞬、憧れのような感情が走った気がした。

二人は立場を異にしつつ、行動をともにするうち男女の情愛も生まれていたのではないか。

じょうじとおきんの名。

なにより、それが二人の気持ちを示していたような気がする。

「おそらく二人とも、疲れきっていたのではないでしょうか」

と、竜之助は静かな声で言った。

十四

最後の明かりが小さなみかんのように西の空に残っている。

こうもりが数羽、たよりなげに屋根の周囲を舞っている。

夕闇が訪れつつある八丁堀の福川竜之助の家の前に、矢崎三五郎が立った。

「お女中。福川はまだ、もどらぬか？」

「はい。まだでございます」

戸口で、色っぽい娘が答えた。両手に柄杓（ひしゃく）と手桶を持っている。庭木に水をやっていた途中らしい。

これは福川の遠縁の娘で、単なる手伝いだと聞いている。

それでも、嫁にもらってやればいいではないか——と矢崎はおせっかいなことを考えた。

女中をさせるくらいだから、遠縁といってもよほど身分が低いのか。

あいつ、つねづねそうしたことには鷹揚であるように言っているが、いざとなると身分の差を気にするのかもしれない。

「竜之助さまはどこに行かれたのでしょう?」

と、女中が訊いた。

「横浜だ」

そこからはいったんもどったらしいが、またどこかに行ってしまった。

「まあ」

やよいは何も聞いていない。聞いていたら内緒で後をつけたかもしれない。ぜひ、この目で横浜を見てみたい。

「もう、江戸にはもどったはずなのだがな」

そのとき、竜之助の家の前に、二人の男が立った。着流しの顔色の悪い男と、女のようになよっとした男である。

「こちらに若くて腕の立つ同心がいると聞いた」

と、だらしない着流し姿の男が言った。

「え？」

「そなたか？」

「なんだ、きさまらは？　ん？」

矢崎が怒鳴りつけるように言った。

着流しのほうは刀を差していない。

もう一人の女のような武士は腰に二刀を帯びているが、後方にいるし、しかも手足の太さや立ち姿を見ても、ろくろく剣術などしてこなかったのは明らかである。

「きさま、まさか」

つい最近、北町奉行所の同心が斬られた。

それも刀を持っていない幽霊のような男に。

同心は手当の甲斐もあって、どうにか一命は取りとめられるらしい。それでも北町の連中は、いまごろ下手人探しにやっきになっているはずである。

「北町奉行所に現われた者だな」

「さよう。間違えて斬ってしまった」

「間違えただと……」

「葵新陰流にお相手いただきたい」

と、着流しの男は暗い声で言った。

「何をわけのわからぬことを」

矢崎はもう一度、男の腰を確かめた。

さらに、わざと外を指差し、男を振り向かせて背中も見た。

刀はどこにも隠していない。

――本当にこの無腰の男に斬られたのか。

峰打ちでいいからぶちのめしてやるか。

矢崎は刀に手をかけ、鯉口を切った。

第四章　招き猫の役目

一

「矢崎さんが危なかったって？」

と、竜之助は訊いた。横浜からもどったばかりで大変なことがあった。ついさっき、この家の庭先で、斬り合いがあったという。いや、斬り合いというより、定町廻り同心の矢崎三五郎が、いきなり斬りつけられ、あやうく真っ二つにされるところだったらしい。

「はい。わたしが柄杓を投げなかったら、間違いなく斬られていたと思います」

と、やよいはうなずいた。

その武士の顔に、やよいは持っていた柄杓を叩きつけるように投げたという。

手裏剣を投げる娘である。柄杓は狙いあやまたず、男の額を撃とうとしたが、男は咄嗟にのけぞってそれをかわした。

やよいが放ったものをかわしたこと自体、なまじの腕ではない。

さらにやよいは、八丁堀一帯に轟(とどろ)きわたるような、ありったけの大声を張り上げた。

「襲撃です、襲撃。曲者(くせもの)が八丁堀を襲ってきました……なんて、ずいぶんおおげさなことを喚(わめ)いたみたいです」

これは相手にとっても意外な反応だったことだろう。

方々で雨戸が開いたり、

「何ごとだ」

と、飛び出してくる音がしたことは想像がつく。

八丁堀というのは治安のよさが売りで、だからこそ与力や同心が自分の敷地に建てる貸家に、いい借り手がつくのである。

面倒がって飛び出すことをしなかったら、八丁堀の土地の値も安くなってしまう。

「あの不気味な二人も、あわてて逃げ出して行きました」

「矢崎さんは追おうとしなかったのか？」

と、竜之助は心配して訊いた。

足自慢である。しかもおっちょこちょいである。すぐにも後を追わないわけがない。じっさい、矢崎に追われたら、逃げ切れるものではない。もっとも、反撃さえなければの話だが……。

振り向いた男に、矢崎がばっさりやられる場面が思い浮かんだ。

「追おうとしました。でも、追えば斬られると思いましたので、今度は手桶のほうを敵にぶつけるふりをして、矢崎さまの足元に投げつけました。見事にひっくり返って、脛を強く打ったみたいで……足を引きずりながら、わたしにぶうぶう文句を言いつつ、奉行所に帰って行きました」

「それはよかった」

と、竜之助は笑った。

「でも、不思議です。あの幽霊みたいな男は、刀を持っていませんでした。それなのに、わたしは矢崎さまが斬られると思ったのです」

「へえ」

竜之助の顔は真剣になった。

やよいは武芸の腕も相当である。その目も間違いはない。北町奉行所の同心の災難と照らし合わせても、たぶんやよいが予想したとおりのことが起きるはずだったのだ。

「どういうことでしょう？」

「もうすこしくわしく思い出せるかい？」

やよいはうなずいて、そのとき自分がいた位置に立った。戸口である。廊下の汚れに気づいて軽く拭きそうじをし、余った水を植木にかけようとしていた。

それから、瞬時、目を閉じ、さっき眼前で繰り広げられた動きを細部まで再現できたらしく、

「その幽霊のような剣士は、間合いを取るため左足を一歩、後ろに送り、胸を張るようにしながら、右足も下がりました」

と、言った。

「ふむ」

まさに、間合いを計って、抜き撃ちに斬ろうというのである。

じっさい、北町奉行所の同心を一刀のもとに斬った。刀を持っていないのに。

だから、幽霊剣士。

いや、その風貌もだらしなく、力が入らない姿勢で、じっさいふらふらと立っていた。まさに幽霊のように。

噂は日本橋周辺を駆けめぐり、この数日、子どもの帰りがめっきり早くなったとか。

「暗くなると、幽霊剣士が出てくるぞ」

と……。

「あ」

やよいが何か思い出したらしく、声を上げた。

「どうしたい?」

「そのとき、後ろにいたもう一人の武士が、逆に一歩、大きく前に出ました。でも、その武士はなよなよっとして、腕も細く、とても剣術などやるような人ではありません」

やよいがそう言うと、竜之助は顎(あご)の下に右手を添え、ちょっと考えるしぐさをして、

「剣術はやらなくても、身体はたぶん素晴らしく敏捷(びんしょう)なんだよ」

「どういうことでしょう?」

「おいらはわかったよ。その幽霊の秘密がさ」

と、竜之助は嬉しそうに笑った。

「まあ、秘密？」

「幽霊剣士はその後ろにいた男の刀を使うのさ」

「別の人の刀を！」

もし、それが本当になされたとしても、やよいがいた位置からは幽霊剣士の陰になって見えなかったかもしれない。

「奇想だ。常人には思いつかない技だし、それをするためにはもう一人とぴったり息を合わせなければならない」

「そんなことって」

「できるんだろうな。前の幽霊剣士も腕は立つんだろうが、動きに合わせて前進し、刀を抜きやすいようにし、しかも斬った刀をそのまま、鞘（さや）におさめるようにする。つまり、そいつもかなりの技の持ち主だってことさ」

「でも……」

付き添った武士の華奢（きゃしゃ）な身体つきを思い出したらしく、やよいはとても信じられないといったようすだった。

二

春沢修吾は芝口橋近くの宿の二階から夜の通りを見下ろし、鼻歌を口ずさんだ。

帯の後ろにはさんでいた扇子をつかみ、ぱっと勢いよく開いた。
吉野の桜を描いた絢爛たる王朝絵巻が出現した。
同時に身体がすっと沈み、足が静かに動いた。

ちんとんとん　ちんとんしゃん
江戸の大川　都の鴨川
早い流れに身をまかそ

春沢は、踊りの達人だった。京都に古くから伝わる舞の継承者であった。
京舞篠塚流。家元ではないが、あまりにも卓越した技量で、陰の師匠とも言われた。
人の動きとは思えないくらい、ゆったりした動きである。時の動きがこわれたかのようである。だが、その優雅な動きの背後には、強靱な筋力や、並外れた敏捷性と平衡感覚が必要とされる。それは極意に達したものでなければわからない。

――極意はわたしを幸せにしたか？

逆だった。それは春沢の人生にとっては、重し以外の何物でもなかった。こんな激動の世の中になってくるとなおさらだった。

六歳のときに稽古をはじめ、いまは三十六。ちょうど三十年、踊りに没頭してきた。

それでも幼いころには武術にも励んだのである。義経流の小太刀だった。子どものときから華奢だったが、動きがすばやく、早々と免許皆伝となるだろうと太鼓判も押された。だが、芸事が好きだった祖父に、

「もはや、京に武術はいらぬ」

と、反対され、すぐに武術とは縁を切った。

ちなみにこの祖父は、ガマガエルのような容貌にもかかわらず、踊りの達人だった。「ガマの奇跡」とさえ陰口を叩かれたほどだった。

陰口には平然としていたが、それでも自分の容貌に対する強い劣等感があった

のだろう。なよっとして、女のような孫の修吾が誕生したときは、「これでようやく、わが家の京舞は完成する」と狂喜したという。

それがこの激動の世の到来だった。

ペリーの来航の知らせが江戸から届いたときは、京都に暮らす人々はさほど切羽詰まった事態とは思っていなかった。

やがて、攘夷や勤皇といった言葉をよく耳にするようになると、京都は急坂を転がり落ちるように騒乱の季節に突入していった。

春沢の勤めは、御所の金銭の出入りを監督する禁裏付の末端の職だった。公家と適当なつきあいをするだけの閑職である。

それが御所の警護にまで引っ張り出されるようになった。

いっしょに警護に立つときの同僚たちの視線の冷たいこと。露骨にあざ笑う者も多かった。

もはや武術のできない武士など、死人も同然だった。

「幽霊になったのは見沼だけではない。わたしもいっしょだ」

幽霊と幽霊が旅をし、いま、徳川の秘剣に挑戦しようとしているのだった。

だが、この男との二人旅は楽しいものだった。武士でも、人でもなくなると、気兼ねもいらないのだ。人間と人間がいっしょにいると、どうしたって互いの心を読もうとする。だが、正確に読むことなんてできるわけがない。だから、ひどく疲れてしまう。

人でないもの同士には、そんな必要はない。

春沢は祇園の裏通りで、見沼と初めて出会ったときのことを思い出した。一目で、自分と同じく幽霊になった者がいると思った。

見沼が敵の一群に突っ込み、刀をへし折られたとき、春沢は思わず自分もその中に突進した。見沼が春沢の刀を使うというのは、目が合ったとき、互いの脳裏に浮かんだひらめきだったに違いない。

相手の動きに合わせるというのは、踊りの極意をつかんだ者にすれば難しいことではない。あとは、そばにいながら、見沼の動きを邪魔しなければいいだけだった。

見沼の動きは、いま思い出しても素晴らしいものだった。完成された舞のようでもあった。

春沢の刀を抜くと同時に眼前の敵を薪でも割るようにまっすぐ斬り下げ、そのまま大きく身体を沈みこませながら横に流れて、右脇にいた男の胴を薙いだ。

あの腰が座った沈みこみこそ、舞そのもの、いや極意とも言えた。

極意をつかんだ者同士。

そう思ったら嬉しくて、倒れこもうとしている男のわきで、無意識のうちに身体が舞った。

噴き出る血潮の中で、ゆっくりと京舞を舞うのは、つくりものの桜吹雪の中で舞うことよりずっと楽しかった。

その見沼はいま、ぼんやり柱に背をあずけている。

見沼は、混濁がひどくなった意識の中で世の混乱は徳川家のせいだと思っている。だから、復讐のように、葵新陰流とやらを打ち破りたいと。

南町奉行所に、若くて木っ端役人とは思えないほど品のいい同心がいる。若い娘たちのあいだで絶大な人気がある——という噂を聞いて、八丁堀の同心の家を訪ねたのだった。

あそこに居合わせたのは、本人ではない。品のかけらもなかった。京舞の極意を得た自分である。何を見抜くといって、人間にそなわった品性くらい見抜いてしまうものはない。

金持ちなら、あるいは身分の高い家の者なら、誰でもその品性が身につくわけではない。しかも、自分の京舞の極意と同じで、品性が身につけば幸せになれるとは限らない。むしろ、大きな不幸を背負ってしまう。

とくに、いまのような時代には……。

たぶん、あの家にいるのは間違いないのだ。あの女中の動きの素早さ。只者ではない。あんなおなごが家にいるということが、あそこに徳川家の御曹司がいると証明している。

——次はかならず……。

水の流れがおだやかなのは
水の心が広いから
水の流れが速まるときは
水の心が決まるから

春沢の京舞が、ふいに早くなった。いつもゆっくりと舞うわけではない。ときにそれは、鞍馬山の森を走るむささびのように、目にも留まらぬ動きを見せるのだった。

三

瓦版屋のお佐紀（さき）は、最近、腐り気味である。なかなかいい記事が書けないのだ。お佐紀が書けないと、瓦版は出なくなるかというと、そうでもない。おとっつぁんの知り合いで、よく記事を売り込みに来る男がいて、その男の記事が格段に面白いのだ。売れない戯作者だというが、読者の気の引きかたがじつにうまい。

たいしたことではないのに、ぼやかして興味を引く。全部、真実を明らかにしようとするお佐紀とは正反対である。

しかも、ぼかしつつ、こんなことまで調べたのかというところは必ず入れる。自分が書いてきたものがいかに甘かったかを痛感させられる。

——うちの瓦版があまり売れないのも道理よね……。

男まさりだの何だのと言われてきたが、やっぱり自分は女の視線なのだ。瓦版を面白くするのは、火事場に飛び込む火消しのような勢いなのだ。

——男の視線、男の視線……。

そうつぶやきながら、日本橋通（とおり）一丁目の漬物屋〈奈良金（ならかね）〉の店先を通りかかった。表通りに面したほうは、あいかわらず賑わっている。

その横、新道に面したほうに、大きな招き猫が飾ってある。

お佐紀は、近ごろ、この前を通るたびに、あの猫に目がいく。

あれはたぶん今戸焼きの名人、浜三さんの作だろう。

ただ、その猫が前に見たのとどこか違う気がした。

——どこが違うのだろう……。近くに寄って、じっくりと見た。

ああ、顔か。

猫の顔がちょっとうつむきがちになり、首を右に傾けている。そのため、手こそ上げているが、招こうか招くまいか迷っているふうにも見える。ひたすら運を招き寄せるだけでいいのか、そこに努力がいるのではないか、そんな思索の気配さえ感じさせる。

浜三の招き猫はかわいいだけではない。深みがある。心を読みたくなるような表情がある。本物の猫も人知れず考えごとなどするときは、こういう顔をするのではないか。

これは浜三の作品の特徴なのだ。

そういえば、このところ、浜三さんの作品をいろんなところで見る。やはり、人気が高まっているのだ。金持ちの収集家あたりが動いて買い集めたりしなければいいのだが。

たかが今戸焼きを持ち上げすぎだと、浜三さんなら怒るだろうが。

以前、同じものを備前で焼けと言われ、鼻で笑ったこともあるという。

今戸焼きだといくら大きくつくっても、値は高が知れている。あんたの作品を備前で焼いたら、一体十両で売れると。じっさい、いま浜三の大きめの作品は、一両近い値で取り引きされているらしい。

ひさしぶりに浜三の工房を訪ねてみることにした。大きいので、けっして安くはないが、この際、無理してでも一つ買っておこうかとも思った。

それに、話し好きの浜三さんから、招き猫の面白い話の一つも聞けるかもしれない。

招き猫の話なんて、所詮、女子どもの話だろうか。いや、変わった福を招き寄せた猫の置き物の話なんて、男が読んでも面白いはずである。

急に踵を返し、今戸へと向かった。

ところが、待っていたのは、目の前が暗くなるような知らせだった。

「亡くなった……」

しゃがみこみたいのを我慢した。おかみさんだって耐えているはずである。

「半年くらい血の混じった痰を吐いて、ひと月ほど前にそこでうつぶせになって死んでました」

三月ほど前に会ったとき、顔色が悪いとは思ったが、そこまでとは思わなかった。

「まだ、若かったですよね」

「四十五でした」

あと二十年、いや三十年だって仕事ができただろう。

だが、亡くなる前の仕事ぶりは凄まじかったという。

朝早くから夜中まで、仕事場で仮眠をとりながら作品をつくりつづけ、ふつうの人が十年のあいだにつくるくらいの作品を残していた。

それが救いかというと、作品よりやはり生きていて欲しかった。

四

岡っ引きの文治は、小伝馬町の牢屋敷に来ていた。夢屋に会うためだった。

夢屋はまだ、裁決が済んでいない。余罪がまだまだ出てきそうで、うかつに裁決ができないのだ。

がちゃっ。

と、牢役人が大きなカギを開けた。

牢が並ぶ通路に出た。

岡っ引き風情が、囚人と勝手に会って話をするなど、できることではない。だが、文治は与力の高田九右衛門に頼み、ごひいきの福川さまに危機が迫っていると告げて、面会を許可してもらった。

ここは初めてではない。いつもながら、ひどい臭いがした。陽が差さず、風が通らず、息をするのも苦しくなるほどだった。

大部屋の前を通った。

格子の向こうに、畳を何枚も重ねた上でふんぞり返っているへらへら京蔵と呼ばれた大悪党が見えた。いつもへらへらしながら極悪非道のことをしてきた。押し込みに入っては年端もいかぬ小僧まで殺してきた。

この男の縄張りはおもに芝から品川のほうだったので、福川竜之助も文治もほとんど捕り物には関わらなかった。

ただ、捕縛のときは子分たちと大立ち回りとなり、結局、竜之助が放った十手がこの悪党の動きを止め、どうにかお縄にできたのだった。

その隣りの大部屋の手前にいたのは、わりばし小僧と呼ばれた恐ろしくケチな野郎だった。そば屋だの飯屋だのに入っては、わりばしをごそっと盗む。そんなものしこたま盗んでもたいした金にはならない。だが、こいつはわりばしに変な思い入れがあって、店などで目の当たりにすると、盗まずにはいられなくなるのだった。

こいつは竜之助をわずらわせることなく、文治が一人で捕まえた。微罪なので、どうせまたすぐ出てくるに決まっている。

わりばし小僧は、捕まえた相手に嬉しそうな顔まで見せた。

「あ、親分」

「いいんだ。今日は別口だ」

文治はそのまま通り過ぎた。

牢屋が並ぶいちばん奥。あいだに一つ、誰もいない牢があって、夢屋はその先の牢に一人で入っていた。

ここで夢屋はずっと眠ってばかりいるらしい。

六畳分ほどもある牢だが、一人で入れられている。他の者といっしょにすると、怪しげな術をかけられてしまうという。

「やっぱりですかい?」

「弱ったものさ」

「下手すると、牢役人の方たちだってかけられますぜ」

「そうなのだ。一人はひっかかってあやうく錠前を開けさせられるところだった。あの野郎は早いとこ、処刑しちまわねえと危なくてたまらねえんだが」

牢役人はうんざりした顔をした。

牢の前に座ると、夢屋は嬉しそうな声を上げた。

「おう、おいらを捕まえた片割れじゃねえか」

「そんなことはどうでもいい。おめえ、あのとき、おいらといっしょにいた同心さまに、何か怪しい術をほどこしただろう?」

夢屋の目を見ないようにしながら訊いた。

文治がおかしなことになれば、牢役人がすぐ外に連れ出す手配になっている。

「ふっふっふ。あいつはもう、武士じゃねえ」

と、夢屋は言った。

「なんだと」

檻（おり）のあいだから手を伸ばし、夢屋の襟を摑んで締め上げた。

「白状すれば、情状の酌量も期待できるぜ」

と、文治は言った。そんなことがあるわけがない。だが、こいつの口を割らせるためには、どんな嘘だってついてやる。

「へっへっへ。どうせ、あっしはまもなくさらし首なんだ。ま、このまま楽しみにしてもらおうか」

「ううう」

「なあに、あいにくと暗示はそう長くつづくもんでもねえ。三月もしたら醒（さ）めるから安心しな」

「三月？」

「そのあいだになんかあっても知らねえよ」

同心の仕事で日々、駆けずりまわっている。なんかがないわけがない。

「ふざけるな」

隣りにいた牢役人の顔を見た。首を横に振った。

さっき聞いたのだが、この男は、どんな拷問も通用しないらしい。

石を抱きながら夢を見ることだってできるという。

文治は途方に暮れるしかなかった。

五

数日後――。

お佐紀はまた、浜三の招き猫を見たくなり、通一丁目の奈良金の前を通った。

あのやさしい顔の猫に癒されたいのだ。

昨日出た瓦版も、お佐紀の記事ではなかった。おとっつぁんまですまなそうな顔をしていたが、それは仕方がない。自分でも向こうのほうが上だと思った。

「壁なんだよ」

と、爺(じい)ちゃんからは言われた。「お佐紀は早く壁に突き当たったが、それだけ力があるってことだ」と。

でも、壁に当たってそれを越えられないで終わる人も山ほどいる。

猫を見て、

――おや?

と、思った。今日もどこか違う。

顔が違う。この猫は茶目っけがある。落し穴にでも誘いこもうという悪戯心を感じさせる。だが、顔だけではない。わからないが、ほかにも違うところがある。

——こんなこととして、何の意味があるのだろう。

ここは用水桶の陰にもなっているし、角地に立つ店の表通りではなく、新道側に面している。人に見せたいなら、表通り側に置いたほうがいい。

首をかしげていると、中から同心の福川竜之助が出てきた。定町廻りの大滝治三郎（おおたきじさぶろう）と岡っ引きの文治もいっしょである。

「あら、福川さま」

「よう、お佐紀ちゃん」

嬉しい顔をしてくれる。これが愛想や芝居だったらがっかりだが、福川という人はそういう人ではないはずである。

落ち込んでいた気持ちがさっと晴れた。

「何かあったんですか？」

「うん。ちっとな。いくらお佐紀ちゃんでも、こればっかりは秘密だ」

「そりゃ、仕事ですもの」

と、お佐紀は言った。ほんとはすごく聞きたい。面白い記事が書けるかもしれない。

「でも、腕のいい瓦版屋だもの、たぶんすぐにいろいろわかっちまうだろうな」

「腕なんてよくないですよ」

こんな気分のときなので、ちょっとふてくされた。だが、そういう顔は他人に見せたくない。とくに福川の旦那には……。

きゅっと奥歯を噛みしめる。

「ま、わかったら、わかったときのことさ」

「ははあ」

今度は笑みがこぼれそうになる。

暗に、調べてみてはと言ってくれたのではないか。

「ところで、お佐紀ちゃんこそ、ここで何を?」

大滝が待っているので、竜之助は遠慮がちに早口で訊いた。

「じつは招き猫を見てたんですが、ちょっと変だったので」

「変? どんなふうに?」

竜之助は興味を持ったらしい。

手短に猫の顔のことを言った。それと、まだ、わからないことがある。

「ふうん。関係があるのかなあ」

首をかしげながら、竜之助は大滝のほうへ走って行った。

六

いわば、奈良金の若旦那の失踪事件ということになるだろう。

三日前から家にもどらない。

前にもときどき帰らないことはあったが、三日というのは初めてらしい。

十五になっているが、童顔なので十二、三に見えてもおかしくない。ただ、頭は切れるので、つまらぬことに巻き込まれる心配はないはずだと、家族みんなが言った。

では、うっちゃっておいてもよさそうだが、そこは、

「いちおう届けておいたほうがいい」

と、判断したらしい。

というのも、三日も帰らないのに何の心配もしなかったというと、あとで気を悪くするかもしれない。心配すればしつこく思う。心配しないとひねくれる。そういう屈折した、どこか面倒な若者らしい。

この三日、江戸では変死体も出ていなければ、日本橋周辺で喧嘩や騒ぎがあったという報告もない。

ここの手代に話を聞くと、

「なあに、どこかくだらねえところに引っかかってるだけですって」

と、告げ口するように囁(ささや)いた。

「おれたちも適当でいいか」

と、大滝治三郎は言ったが、

「そういうわけには」

竜之助は、いい加減なことはしたくない。

「福川は何か感じるところがあるらしいや……」

ということで、竜之助が直接の調べを担当することになった。

「福川。あの年ごろってのは、かならずこれがからむ」

と、大滝が小指を立てた。

「そうでしょうか」

「そりゃそうさ」

大滝の言うことだから、調べなければならない。

その大滝はお城を一回りしてくるというので、大通りで別れた。

「どうもちぐはぐな親子ですよね」

と、歩きながら文治が言った。

「そうだな」

竜之助もうなずいた。じつの息子がいなくなったわりには、父親の藤右衛門(とうえもん)はさほど悲しんでいたようすもない。

「あれはね、息子があまりに馬鹿で、愛想をつかしていたんですよ」

「そうなのかい」

「噂を聞いていたのを思い出しました。勘当寸前だったらしいです」

「何がそんなに悪かったんだい？」

「結局は、商売に身を入れないってことでしょうね。子どものときから飲む、打つ、買うの三道楽に手を出し、ずいぶん痛い目にもあったらしいですよ」

「買うってまさか？」

「ええ。旦那が息子を十二のときから吉原に連れて行ったりしたから、すっかり敷居が低くなって、一人前の顔して通ったりしたそうです」

「それは……」

連れて行くほうが悪い。

ということは、大滝が言ったように女がらみなのか。

「だいたいが、あの藤右衛門にしたって、かなりだらしないところはあるんです」

「それでよく、老舗の看板を保っていられるね」

「あそこはずっと番頭に恵まれていたのと、やっぱりあれだけの地の利ですから」

「そりゃそうだ」

日本橋からすぐの立地。近くの青物町ではいい季節の野菜が入手でき、たちまち最高級の漬物ができあがる。

「いなくなって、これ幸いくらいに思っているのではないですかね」

「そこまでは思ってないさ」

と、竜之助はきっぱりと言った。

口は悪いが、ときどきちゃんと心配げな顔もしていたのである。

「期待が大きかった分、落胆の度合いもひどかったんですかね」

「それはあるな」

父親が言うには、息子の藤吉(とうきち)は五、六歳のころから、そろばんが大好きだったという。どんな面倒な計算でも、たちまちぱちぱちと答えをはじき出した。これはどれだけ立派な商人に成長してくれるだろうかと期待したが、「まったくこのざまでさあ」とこぼしていた。

「ま、あっしのおやじもきっと同じような気持ちなんでしょうな」

と、文治は苦笑いを浮かべた。

「親子も難しいもんだな」

あいにく竜之助にはそのあたりの実感が乏しい。

七

「それより旦那……」

と、文治は歩きながら言った。腕組みして難しい顔になっている。

「どうしたい、不安そうな顔して？」

「じつは昨日、高田さまにお願いして、小伝馬町の牢屋敷に入れてもらったんです」

「囚人の気持ちでも味わいたくなったかい？」

竜之助はからかうように言った。だが、囚人の気持ちを知るのは大事なことだと思っている。

「そんなんじゃありませんよ。旦那、三月のあいだは、剣戟やら決闘やらには巻き込まれねえようにしてくださいよ」

「三月？　なんで三月なんだ？」

「あの夢屋がかけた術はどうも三月もしたら自然に解けるらしいんで。だから、そのあいだは何としても」

「術って何だよ？」

と、竜之助は大真面目な顔で訊いた。

「やっぱり、ご自分ではわからねえんで？」

「どういうことだ？」

「夢屋をしょっぴくとき、旦那はあいつに何か囁かれ、術中に落ちたんです。それは、あの横浜でペストルを持った男と戦ったときにわかったんです。旦那は急にぼんやりした目つきになったんです」

男の文治が見ても、竜之助は端整なきりっとした顔をしている。だが、とくに目立つのが切れ長のまなざしだと思う。

晴天の秋の日に吹く風のようである。竹の葉のそよぎも聞こえるようである。深い山奥の岩場にしたたる湧き水を人のまなざしに変えると、まさに福川竜之助の目になるだろう。

その目が濁ったのである。

いくら濁っても、竜之助の目は長屋のどぶのようには絶対にならない。だが、井戸に米のとぎ汁をこぼしたくらいには濁ったのである。

「ほう」

「それは一瞬のことでした。でも、あれは絶対に変です。旦那が自覚してないことがそもそもおかしいでしょう。あのペストルの男がたまたまたいした腕ではなかったのもよかったんだと思います。でも、そう幸運はつづくもんじゃねえ。だから、三月のあいだは、なんとか荒事は避けてくれるよう、気をつけてもらわねえと」

「でも、そんなこと言われても、おいらは町奉行所の仕事をしてるんだぜ。荒事を避けるなんてこと、できるわけねえだろ」

たしかにそうなのである。

「しかも、文治、夢屋がやったことは幻術だの魔術だのとは違うんだぜ。ちゃんと理にかなったことをやってるんだ。何度も何度も言い聞かせる。夢心地で無防備になったところに、気持ちもとろかすようにして、暗示にかけていく」

「たしかに」

「おいらがやつを捕縛したときなど、ほんのわずかな時間しかかかっていねえ。そんなんでおいらが術中にはまるなんてことはありえねえよ」

「そうだといいんですが」

「まあ、よほどおいらの弱点みたいなところに、すぽっと入ったりしたら別なのかもしれねえが」

「ほおら、そういうことだって」

と、竜之助は気にしていない。

「なあに、大丈夫だって」

「では、三月のあいだ、ナスのへたになったつもりで、どこへ行くにもあっしがついて回りますんで」

「おいらはナスかい」

と、竜之助はのん気そうに笑った。

八

どうも奈良金の若旦那がいなくなったみたいだというあたりまでは、竜之助や文治の動きを見張っているうちにお佐紀も察知できた。

しかも、若旦那がよく暇つぶしをしていた水茶屋の娘も、この三日ほどは来ていないと証言し、ついこのあいだは「おいらそのうち拉致されるかも」と言っていたという。

危機は感じていたのだ。

だが、この先を調べるのが難しい。

――招き猫と関係ありそう……。

というのは、勘でしかない。

瓦版屋のお佐紀が、奈良金のあるじに何を訊いても答えてくれるわけがない。

番頭も駄目なのはわかっている。

こういうときの突破口は、いつもいちばん下っ端の手代である。小僧では話そうにも何も知らなかったりする。

「招き猫？　ああ、あれは若旦那が勝手にしてたことで、店とは関係ありませんよ」

「そうなんですか？」

「だいたい、この店には昔から、〈樽之助〉という漬物樽に入った男の看板絵があり、あれを商標のようにずっと使ってきたんだよ。招き猫なんざ置いたって、樽之助が目立たなくなるだけで、何の効果もねえ、まったく弱ったもんだと、旦那はいつもこぼしてるよ」

と、まだ遊びたい盛りの二十歳前後の手代が言った。

お佐紀はちらっとその樽之助を見た。樽から手足を突き出した、珍妙な人物である。あまり友だちにはしたくない。

といって、若旦那はこれを恥じて、招き猫を樽之助のかわりにしようと思ったわけではないだろう。

だが、何か意図していたのは間違いない。

「猫はときどき変わりますよね？」

と、お佐紀は手代に訊いた。

「変わるかい？」

「はい。それは間違いありません」

「二つとか三つになっていたりするのは気づいたがね」

「え、二つとか三つ？」

そっちは気づかなかった。

どういうことだろう？

やはり何か意味を持っているのだ。

通りすがりの人に見せようとしていたのか？

それとも、友だちにか？

「若旦那に悪い友だちは？」

と、お佐紀は訊いた。

「あっしは小僧のときからここに勤めているのでよく知ってますが、若旦那は昔から一人遊びのほうが好きで、同じ年ごろの友だちってのはほとんどいなかったんです。ただ、一人だけ、そっちの岩木屋さんのお花ちゃんてえ娘とは気が合って遊んでました。でも、向こうも年ごろの娘になって、凄い美人になってしまったもんだから、若旦那も気後れするんでしょう。近ごろはろくに話もしないようです」

むしろ、この手代がお花ちゃんに気がありそうである。

だが、お佐紀はすぐ斜め前というのが気になった。

九

「お花ちゃんのこと、訊いてみたぜ」

と、竜之助は言った。

お佐紀が竜之助に探りを入れると、お花のことはまだ知らなかった。そこで、そのことを教えるかわりに、くわしく調べてくれと頼んだのである。

「どうでした？」

「ああ、お花ちゃんというのはすごいべっぴんらしい。藤吉とも仲がよかったそうだ」

「二人はできてる？」

「それがそうでもねえみてえなんだ」

と、竜之助は首をかしげた。

「若旦那の片思い？」

お花はすごいべっぴんだが、藤吉は小柄で冴えない風貌らしい。しかも、髷が癖っ毛のため、ぴょんと突っ張ってしまう。これを気にして、いつも頭に手を置いているので、どうもぴしっとしないという。

「誰に訊いても、違うみてえなんだ」

竜之助もすっきりしない感じらしい。

「本当はできているのに、店同士が仲が悪いので言えないでいるのでは？」

「いやあ、店同士は別に仲が悪いこともないらしいぜ」

「そうですか」

奈良金は漬物屋。岩木屋は履物屋。たしかにいがみあういわれもない。

「そういえば、その店の二階の、お花ちゃんが寝起きする部屋の窓に、たぬきの置き物が出ていたという証言があったな」

「え」

「でも、このところは見ていないらしいぜ」

「たぬき……」

「ああ、猫とたぬきって関係あるかね」

「もしかして、たぬきも浜三さんの作品かも知れません」

「浜三って？」

「今戸焼きなんですが、独特の味わいがある作品をつくる人だったんです。このあいだ、病で亡くなってしまったんですが」

お佐紀が思わず暗い顔をして言ったため、

「そいつは残念だったねえ」

と、おくやみの口調になった。

「奈良金の若旦那が飾った猫も浜三さんの作でした。だから、そのたぬきもそうだと思います。たぬきは、招き猫とともに、浜三さんの得意なものでしたから」

「それは手に入らないのかい？」

「ここんとこ人気が出て」

「浜三さんのところでも？」

「ああ。工房に行けばもちろんあります。でも、けっこう値が張りますよ」

さっそく今戸に向かった。

今戸は浅草寺（せんそうじ）の東、待乳山聖天（まっちやましょうでん）の裏っかたである。

焼き窯（がま）は隅田川の川っぷちにある。舟から見える煙りはこれだったのか――

と、竜之助は思った。

若い弟子が二人、焼き窯を守っていた。

一体だけ買いたいと竜之助が申し出ると、

「弟子の見本がなくなってしまうので……」

と、心苦しそうに断わられた。仕方のないことだった。

たぬきは表情の変化というよりも、しぐさの変化に特徴がある。滑稽で、招き猫より愛らしい。

猫とたぬきと二体並べてもらった。

表情があるので、二体が会話をしているように見えてくる。

「やっぱり」

と、お佐紀は言った。

「やっぱりって？」

「二人は恋仲だったんですよ」

「誰に訊いてもそんなんじゃねえって言うぜ」

「そうですかねえ」

お佐紀はこの前も会った浜三の女房に訊いた。

「この招き猫と、たぬきを若い男女が買いに来たことはなかったですか？」

「ああ、ありましたね。浜三が亡くなるちょっと前でしたか、それぞれ六つずつ買っていきました」

「ほらね。二人はそれで、毎日、対話をしていたんですよ。今日はどこかで会おうとか、昨日はわがまま言ってごめんなさいとか」

「ううむ」

竜之助は何か違う気がする。

「いなくなったのは駆け落ちですよ」

と、お佐紀は自信たっぷりに言った。

「でも、お花は家にいるらしいぜ」

直接は会っていないが、手代や小僧の証言も得た。

「そのうち、いなくなるんです」

お佐紀の目はいつになくうっとりしている。

すると、それまで黙って話を聞いていた浜三の女房が言った。

「あのお二人が恋仲ですって？」

「ええ」

お佐紀はうなずいた。

「うちにも、そういうお客さんはよく来ます。二人でお揃いにしたいとか、なんだか知らないけど記念にしたいとか、でも、あの二人は違うと思いますよ。むしろ、お互いのことにあまり関心がないようにも見えましたけどね」

　では、何のために、いっしょに置き物など買うのだろう？

「はあ」

　お佐紀はがっかりしてしまった。

十

　巾着長屋のお寅は、棒を持って五人の先頭を歩いている新太を指差して、

「あの子なんか、いまでこそ皆を引き連れて歩いてるけど、ここに来たばかりのころは、苛められてめそめそ泣いてばかりいたんですよ」

　と、言った。

「そうでしたか」

　とうなずいたのは、津久田亮四郎である。

「たくましくなったんでしょう。でも、それがいいことだけとは限りませんよ」

「ああ、そうかもしれませんね」

「あたしもずいぶんがみがみ言って、あの子も負けん気をかきたてたりしたんでしょう。あるときから急にふてぶてしくなって、いまじゃそこらで大きな顔をし

て」

「そうですね」

「目つきも剣呑(けんのん)でしょう。そのうちすさんできます。なったばかりのスリがあんな目をして町を歩きます。新太にもそんな目つきをさせるなんて……」

「お寅さんのせいじゃ……」

「いいえ、あたしのせいですって」

「ううん……」

「これからは、どうしたらいいのかなって」

「……」

津久田は考え込んだ。何て返事をしたらいいのかわからないらしい。

「あら、あたしったら……」

お寅はあわてた。こんな若い人に子育ての相談をするほうがおかしい。

「ただの愚痴ですから気にしないでください。それより、子どもたちと遊んでやってくださいよ」

「承知しました」

津久田亮四郎は、子どもたちのところに来て、わきにしゃがみこんだ。

おみつが新太と松吉に算術を教えているところだった。「つるかめ」だの、「余り」だのと言っているが、何のことかさっぱりわからない。自分より三つも四つも年下の子が、どうやら理解しているというのに。

楽しげな光景だった。

新太もこんなときは素直な目にもどっている。

同時にふっと胸の奥を横切る光景もある。砂浜に倒れた三人の子ども。誰があんなひどいことをしたのだろう……。

十一

津久田亮四郎が島に帰ってきた。島へは対岸の築地で待っていれば、かならず向こうから来る漁師の舟が乗せてくれる。

亮四郎が寝起きする家は、島の奥のほうの海辺にある。

潮風に吹かれながら、海辺づたいに裏手へと回った。

潮の満ち引きに夕陽が当たって、不思議な光の景色をつくりだしている。砂が茜色に輝きながら、無数の線を描いている。その光の線にまとわりつくのが、光ったり消えたりする波の泡たちだった。

その砂浜に黒く横たわる影たちが見えた。

死んだ魚が打ち上げられたのだろう。

だが、津久田亮四郎にはそれが少年たちの死体に見えた。

――まだだ……。

と、思った。このところしょっちゅう、その死体が目に浮かぶのだ。

――あいつだ。

おそらく、あの男、徳川竜之助がやったに違いないのだ。

わたしは巾着長屋のことはなぜかすでに知っていた。あそこを徳川竜之助がときおり訪れることも。

日本橋あたりで撒かれた散らしを見つけたとき、ここに行けばいいのだと思った。ここで待てば、あの男に会えるのだと。

――今度こそ斬ってやる。

と、亮四郎は思った。戦った記憶はあった。そして、敗れたことも。

だが、一度敗れたからといって、諦めるわけにはいかなかった。わたしはあの男を倒すために生まれてきた男なのだろう。

身体はずいぶん回復しつつある。あとふた月、いや三月あれば完全に回復するだろう。しかも、わたしの身体は傷が効を奏したのかめきめき大人の身体になりつつある。三月あれば、背丈も筋力も大きく成長してくれる気がする。

——今度こそ。

と、もう一度、思った。

子どもの世話は疲れることだった。

だが、それほど嫌なことでもなかった。あんなふうに遊んだこともなければ、遊ぶ子どもたちを見つめたこともなかった。

子どもはやはり可愛かった。

大人の片鱗は見えても、しかしまだまだ思惑の中では暮らしていなかった。純粋な思いで日々と向き合っていた。

あんな子どもまで巻き添えにする男を許してはならなかった。

島をぐるりと回った。

「お帰り、どうだったい？」

と、網の手入れをしていた爺さんが訊いた。

「ああ、楽しかったよ」

「無理しちゃ駄目だよ」

かたわらから婆さんがやさしく言った。

「名はあれを名乗ってるのか？」

「そう。津久田亮四郎。佃の漁師の孫だもの」

「あっはっは。うめえこと考えたもんだ」

たった一つだけ、やり残したことがある。

それを済ませたら、この島に帰って来る。助けてくれた爺さんと婆さんにはそう約束した。わたしには、もう行くところはないのだから。

十二

福川竜之助は新道の真ん中に立って、奈良金の窓と、岩木屋の窓を交互に眺めていた。

文治は隣りでさっぱりわからないというように首をかしげるばかりである。

猫の窓、たぬきの窓。

六体ずつあるのだ。それが、入れ替わるだけでなく、置かれる数も違ったりする。それに何の意味があるのだ。

——ん？

窓は格子窓だが、猫やたぬきが置かれるのは棚の上だった。

その棚だが……。一、二、三……どっちも縦横が六枡ずつに区切られている。

薄い目立たない棚なので、いままで気づかなかった。

六掛けること六で、三十六の枠がある。これのどこかに、招き猫やたぬきを置く。

——これは算術ではないか？

と、竜之助は閃(ひらめ)いた。

一から六の数を、縦、横、斜めにそれぞれ嵌(は)める。数字が重なってはいけない。そういう遊びがあるらしい。

奉行所でも誰かがムキになってやっていた。

それではないか。

猫とたぬきは表情や姿態によって、一から六までの数が決められている。猫とたぬきが置かれた以外の枠にあてはまる数を当てるのだ。

江戸は算術が盛んだった。

計算の本が何度もすごい売れ行きを記録したりもした。

竜之助もちょっとだけだが、つるかめ算を一生懸命やったことがある。

「こちらの娘さんは、算術が得意ということは？」

と、岩木屋のあるじに訊いた。

「どうして、それを？」

「やはりそうなのですか？」

「ええ。子どものころからそろばんなんぞが好きで、向こうの藤吉さんともよくそろばんで遊んだりしてました」

「そろばんでな」

「幸い、顔立ちこそ皆に、美人だのなんだのっておだてられるようになったのですが、当人は花嫁修業だの、男だのにはまるで興味を示さない。逆に心配になるくらいでした」

「算術の本も読んだりするんだろ」

「します」

たぶん……。ここからは推測である。二人に確かめなければ事実はわからない。

算術の問題を出し合った。

だが、それは問題だけでは済まない。ご多分に洩れずそのうち賭けになってくる。どっちが早く解けるか。その時間も計る。金額が加算される。

若旦那のほうが、莫大な負けになった。

おそらくいくら要求しても払おうとしなかったので、相手の娘はついに若旦那を誘拐した。若旦那もそのうち拉致されるかもしれないと予感していたというではないか。誰か人を頼んだのだ。まさか、本物のヤクザを頼んだりはしないだろうが、

「こちらは別宅などは？」

「ええ、柳島に持っておりますが」

柳島村は本所の東にあって、根岸の里などと並んで金持ちの別宅が多いところとして知られる。江戸の喧騒からは離れるが、近くには萩寺の竜眼寺や、梅屋敷、亀戸の天満宮など花の名所も多い。竪川、十間川とたどれば、足弱の年寄りや女子どもも舟で行き帰りできた。

奈良金の別宅もそう遠いところではないという。

「竜眼寺の隣りで、十間川沿いですから、すぐにわかるはずです」

「よし、行くぜ」

竜之助は舟を拾い、文治とともに柳島に向かった。

岩木屋の別宅に飛び込むと、真ん中に十五よりも幼く見える少年が座っている。朝は日本橋の岩木屋にいたはずのお花もちゃんとこっちにいた。

お花とじっさいに会うのは初めてである。

十五というが、粋な緑色の小紋を着こなし、化粧も濃く、二十くらいにも見える。噂どおりにきれいな顔立ちをした娘だった。

「藤吉だな？」

「はい」

その部屋に、少年が二人。短刀など持って脅していたようだったが、十手を持った竜之助と文治を見ると、

「ひっ」

「おいらは何も」

青くなって震え出した。

「誰だ、お前たちは？」

「こいつらヤクザだって言ってました」

と、藤吉が指差して言った。

「それは違うよ」

少年たちは焦って弁解した。

違うのは一目でわかる。ヤクザよりも小さな池で遊ぶアヒルのほうに似ている。

「あたしのいとこたちです。まだ、十三です」

と、お花が言った。

「やっぱりな」

藤吉が呆れた顔をした。

ニセのヤクザを使って脅しにかかった。

ヤクザを装っても、まだ十三の子どもである。藤吉にしたって、あまり迫力は感じられなかったのだろう。

するると、いとこのかたわれはよほど馬鹿にされたと思ったのか、

「将来はヤクザになるつもりだけどな」

と、凄んでみせた。それでもアヒルのほうに似ている。

竜之助は苦笑し、

「さあ、さあ、お前たち、とりあえず日本橋のおとっつぁんたちのところにもどってもらうぜ」

と、言った。

十三

奈良金の両親、岩木屋の両親、そして藤吉とお花も座って、調べの経過を竜之助の口から聞いた。

「バクチをしてたのですか……」

と、奈良金の旦那が呆れた。

「うちの娘まで……」

岩木屋のあるじは愕然(がくぜん)としている。

竜之助の想像どおり、お花が大勝していた。

「払ってよ」

「もうすこし待ってくれ」

最近はこの繰り返しだったらしい。

「いったい、いくら負けたんだ？」

と、奈良金の旦那が訊いた。

「ええと、八千七百二十五万両……」

藤吉が平気な顔で言った。

「う……」

あまりにも途方もない額で、皆、声もない。

乱暴な計算だが、一石一両といってもそう大きくは違わない。百万石の大名が日本に八十七人はいない。徳川家の領土がだいたい八百万石くらいと言われた。その十倍以上の巨大な額である。

「お前、それを払うつもりだったのか？」

と、奈良金のあるじが息子に訊いた。

「負けは負けだし」

藤吉がふてくされた口調で言った。

「お前、それを取るつもりだったのか？」

岩木屋のあるじが娘に訊いた。

「たいして欲しくもないけど、勝負だったしね」

お花も面白くなさそうに答えた。

「こいつらはいったい……」

奈良金の藤右衛門は目まいがして倒れそうになった。

藤吉がようやくちょっと心配そうな顔をした。

だが、とりあえず失踪事件のほうは解決した。

「ある種の天才かな」

と、竜之助は二人を見て言った。

突出したところ、ひどく遅れたところ。居心地悪そうに同居する、それがたぶん十五という世代。

だが、浜三の人形にあるあの独特の表情や、しぐさは、少年少女に何の感興ももたらすことはなかったのか。単に、数字に置き換えるだけの、意味しかなかったのか?

それだけが気になって、

「数字がわりにしてた招き猫とたぬきだけど、何か感じるところはなかったのかい?」

と、竜之助は訊いた。

「おいら、三と六で使ってた猫の顔が好きだったから、あれを多く使いがちだったんだ」

藤吉がそう言うと、

「わかってたよ」と、お花は言った。

「え」

「だから、考えやすかったのさ。あたしも二と五のしぐさが好きだったんだけど、ばれないように注意したからね」

好きな顔と、好きなしぐさ。数字に置き換えていても、それは別の意味を持った。

いっぷう変わった二人にとっても、やっぱり浜三の猫とたぬきはただの数字ではなかったらしい。

亡くなった浜三がこのことを聞いたら、大喜びはしないまでも、ちょっと照れながら苦笑するような気がした。

十四

数日後——。

竜之助は、何だか妙な顔をしている奈良金の藤右衛門に会った。

「まったくあいつらときたら、子どもなのか、知恵があるのか、まったくわかりません」

「どういうことだい？」

「あの、馬鹿げた借金のことで、日本橋の知恵袋とも言われる三星屋(みつぼしや)の大番頭の橋田鈍翁(はしだどんのう)さんに相談したんですよ」

茶人としてあるいは食通も知られる有名な商人である。

しかも、中年過ぎから始めた焼き物の腕が急激に上達し、いまやその作品は一流の陶工にも負けない人気があった。この人の器に載せると、ごちそうが映えるとも言われた。

また、浜三の今戸焼きをいちはやく評価した一人でもあったという。

「ほう。それでいい知恵は出ましたかい？」

と、竜之助は訊いた。

「その大番頭さんは、驚くような解決案を出しました。うちの藤吉と、岩木屋のお花ちゃんと、いっしょにさせちまえばいいじゃねえかと」

「それはまた」

ずいぶんな荒技を持ち出したものである。

「二人とも十五になってるし、十五で婿や嫁になるのはいくらもある。あたしはざっと話を聞いたところ、二人はたぶん根っこのところで似たもの同士だ。そういうのは意外にうまくいくものなんだよと」

「なるほど」

「あたしは半信半疑で言ってみました。お前たち二人をいっしょにさせたらどうかっておっしゃる人がいるんだがと。なんと、かまわないって言うんです」

「二人とも？」

「ええ。それだったら、勝った分も負けた分もちゃらになるからちょうどいいかと」

「ううむ」

これには竜之助も唸（うな）った。

「家の中で賭けてる分には、損もないし、昔から話は合うしと」

十五

竜之助が文治と話しながら奈良金から出てくると、瓦版屋のお佐紀と行き会った。

「福川の旦那。どうしたんです、狐につままれたみたいな顔をなさって？」

と、お佐紀が訊いた。

「そりゃあそうさ。藤吉とお花がいっしょになるてえんだもの」

「えっ」

これにはお佐紀も驚いた。

「莫大な貸し金と借金がいっきにちゃらに出来るんだと」

「なるほど。妙案と言えば妙案ですよね」

「まあな」

「だから、いま、そこの水茶屋で二人を見たとき、いちゃついているように見えたんですね」

「えっ、もうそんなことになってるのかい?」

文治が興味津々のようすで言った。

「文治。見てくりゃあいいじゃねえか」

「へい。それじゃ、ちょっと。お佐紀坊、どこだ?」

「こっちですよ」

お佐紀ももう一度、見に行く。どうやら瓦版のネタを見つけたらしい。

文治の姿が見えなくなった。

ナスのへたが取れた。

ここは日本橋のすぐ近くでありながら、蔵に囲まれ、意外に閑静な一画になっている。

――ん？

二人づれの男があらわれた。ひそんでいる気配は感じていた。

――これが幽霊剣士。

と、すぐにわかった。

聞いていたとおり、隣りにはなよっとした身体つきの武士がいっしょだった。

だが、身体つきこそ華奢だが、相当に敏捷な動きをするのだろう。

「ああ、間違いありませんな」

と、華奢な男が言った。

「何がだね？」

竜之助は訊いた。

「まごうことなき貴種」

「言ってることがよくわからねえんだが」

「生まれながらに備わった高貴な血をお持ちだと申し上げているのです」

「あいにくだな。おいらは高貴な血なんてものは信じちゃいねえんでね」

先祖は戦いの果てに天下を得た。荒ぶる血というならわかるが、高貴なわけがない。

「信じようと信じまいと、あるものはある」

そう言って、華奢な男は数歩、後ろに下がった。

かわりにだらしなく着物を着崩した男が、ふらふら揺れながら竜之助の前に立った。

「葵新陰流を遣うのはそなたであろう」

「このあいだまでな」

と、竜之助は言った。

「どういう意味だ」

「あの剣は封印した。もう使わない」

竜之助はきっぱりと言った。

「そうはいくか」

着流しの男が吐き捨てるように言った。

二人と向き合った。

「名乗らぬのかな？」

と、竜之助は訊いた。

着流しの男が、ゆらゆら揺れながら、

「見沼倫太郎。甲源一刀流」

と、言った。

「ほう、甲源一刀流か」

たしか、「甲源」というのは、甲斐源氏を詰めた言い方だったはずである。だが、甲斐よりも武州の山間部で盛んになった。草の露が落ちるときの一瞬を見極めるのが極意という、俊敏な剣である。

数歩後ろにいた華奢な男が、

「春沢修吾。京舞篠塚流」

と、つぶやくように言った。幽霊剣士と呼ばれるのは、見沼のほうだが、この男もまた、生きながら冥界に足を入れてしまった人に見えた。

「おう、京舞だったか。それで、納得がいった」

「納得だと？」

「見沼どのはおそらく春沢どのの剣を使う」

「えっ」

「それはよほど巧みに見沼どのの動きに合わせなければできぬこと。だが、舞の名手ならそうしたこともできるのかも」

「ううう」

春沢が呻き、見沼に殺気がふくらんできた。

そのとき頭の中で声がした。やさしく囁きかける声だった。

そういえば、横浜のホテルでペストルと対決したときもこの声がした。

文治が心配したのはこれのことだったらしい。

「お前は剣を抜くことができない」

と、その声は言った。

おそらく、それで武士は身動きができなくなると思ったのだろう。

あいにくだった。はなから竜之助は剣を抜く気などない。だから、その声はすぐにかき消えた。

春沢が腰を落とし、すり足ですっと見沼の後ろに近づいた。長男の誕生を告げるときのような、喜びさえ感じさせる動きだった。

一瞬、春沢に目がいってしまうのも、この剣の怖ろしいところだった。

奇想だった。

剣士が自分の剣を使わないなどということは、ふつうは想像もできない。

だが、竜之助はだまされなかった。

十手が一度、旋回し、餌に狙いを定めたつばくろのように宙を走った。

しかし、春沢は咄嗟に、もう一つの仕掛けをくり出してきた。

瞬時に開いた扇をさっと宙に泳がしたのである。

吉野山の桜。王朝絵巻が竜之助の眼前に広がった。

つばくろはその王朝絵巻に飛び込んだ。この景色はいまの時代にそぐわないとばかりに突き破った。

春沢から見沼へ移動しかけた刀の鍔(つば)に、十手が喰らいついた。

がきん。

衝撃音がして、見沼は剣を落とし、春沢の腰が砕けた。

「武士であっても、江戸の町を騒がす者はその場で取り押さえさせていただく。よろしいですな」

竜之助の爽(さわ)やかな声が響いた。

十六

お寅は今日も、四苦八苦していた。

津久田亮四郎は、子どもの面倒はよく見てくれるが、やはり女手とは違う。洗濯こそ手伝ってもらっているが、料理と掃除はさせられない。

親はおらず、祖父母がいっしょに暮らしているということだが、その祖父母が見たらいい気持ちはしないはずである。

しかも、津久田はあまり身体が丈夫ではない。来たばかりのときよりはいくらかよくなったが、血が足りないのか、ときどきふらついたりもする。

おたねさんみたいな人はもう現われないのか。

「よう、お寅さん」

後ろでなじみ深い爽やかな声がした。

福川竜之助が笑顔で立っていた。

「まあ、福川さま」

「このあいだ、調べることがあって、横浜まで足を伸ばした」

「横浜に」

「おみつがたしか、しばらく横浜にいたんだよな」

「ええ。あの娘はあっちの言葉だって、算術だってできるんですから」

と、お寅は自慢げに言った。

「それでみやげを買ってきた。なんでもアメリカの飴玉だそうだ」

大きなギヤマンの罎(びん)に入ったそれを懐から出した。中に色とりどりの飴玉が見えている。

「まあ、きれい。喜びますよ」

子どもたちの声が聞こえてきた。

神田川あたりで遊んでいたのか、子どもたちがもどって来たのだ。

「福川さま……」

最初に気づいたおみつが手を振り、五人の子どもたちが足早に駆けて来る。

六番目にその若者がいた。三月ぶり？　いや、もう四カ月程経とうとしているのか。

「柳生全九郎(ぜんくろう)……」

竜之助は唖然としてつぶやいた。

先ほど幽霊を二人、捕縛してきた。だが、幽霊はもう一人いたらしかった。

こっちの幽霊はタケノコが青竹に変わるときのようなじつに爽やかな笑顔を見せていた。

本書は2009年9月に小社より刊行
された作品の新装版です。

双葉文庫

か-29-47

若さま同心　徳川竜之助【八】
幽霊剣士〈新装版〉

2022年3月13日　第1刷発行

【著者】
風野真知雄

【発行者】
箕浦克史
【発行所】
株式会社双葉社
〒162-8540 東京都新宿区東五軒町3番28号
［電話］03-5261-4818(営業部)　03-5261-4833(編集部)
www.futabasha.co.jp(双葉社の書籍・コミックが買えます)
【印刷所】
中央精版印刷株式会社
【製本所】
中央精版印刷株式会社

【フォーマット・デザイン】
日下潤一

ISBN978-4-575-67100-1 C0193
Printed in Japan

風野真知雄　わるじい秘剣帖（一）じいじだよ　長編時代小説〈書き下ろし〉

元目付の愛坂桃太郎は、不肖の息子が芸者にくらせた外孫・桃子と偶然出会い、その可愛さにめろめろに。待望の新シリーズ始動！

風野真知雄　わるじい秘剣帖（二）ねんねしな　長編時代小説〈書き下ろし〉

孫の桃子と母親の珠子が住む長屋に越してきた愛坂桃太郎。いよいよ孫の可愛さにでれでれの毎日だが、またもや奇妙な事件が起こり……。

風野真知雄　わるじい秘剣帖（三）しっこかい　長編時代小説〈書き下ろし〉

「越後屋」への嫌がらせの解決に協力することになった愛坂桃太郎は、今日も孫を背中におぶり事件の謎解きに奔走する。シリーズ第三弾！

風野真知雄　わるじい秘剣帖（四）ないないば　長編時代小説〈書き下ろし〉

「越後屋」に脅迫状が届く。差出人はこれまでの嫌がらせの張本人で、店前で殺された男とも深い関係だったようだ。人気シリーズ第四弾！

風野真知雄　わるじい秘剣帖（五）なかないで　長編時代小説〈書き下ろし〉

桃子との関係が叔父の森田利八郎にばれてしまった愛坂桃太郎。事態を危惧した桃太郎は一計を案じ、利八郎を何とか丸めこもうとする。

風野真知雄　わるじい秘剣帖（六）おったまげ　長編時代小説〈書き下ろし〉

越後屋への数々の嫌がらせを終わらせることに成功した愛坂桃太郎だが、今度は桃子の母親・珠子に危難が迫る。大人気シリーズ第六弾！

風野真知雄　わるじい秘剣帖（七）やっこらせ　長編時代小説〈書き下ろし〉

「かわうそ長屋」に犬連れの家族が引っ越してきたが、なぜか犬の方が人間よりいいものを食べている。どうしてそんなことを……？

風野真知雄　わるじい秘剣帖（八）　あっぷっぷ　長編時代小説〈書き下ろし〉

孫の桃子との「あっぷっぷ遊び」に夢中になる愛坂桃太郎。しかし、そんな他愛もない遊びが思わぬ危難を招いてしまう。シリーズ第八弾！

風野真知雄　わるじい秘剣帖（九）　いつのまに　長編時代小説〈書き下ろし〉

珠子の知り合いの元芸者が長屋に越してきた。いまは「あまのじゃく」という飲み屋の女将で常連客も一風変わった人ばかりなのだ。

風野真知雄　わるじい秘剣帖（十）　またあうよ　長編時代小説〈書き下ろし〉

「最後に珠子の唄を聴きたい」という岡崎玄蕃の願いを受け入れ、屋敷に入った珠子と桃太郎だが、思わぬ事態が起こる。シリーズ最終巻！

風野真知雄　わるじい慈剣帖（一）　いまいくぞ　長編時代小説〈書き下ろし〉

あの大人気シリーズが帰ってきた！　目付に復帰したのも束の間、孫の桃子が気になって仕方がない愛坂桃太郎は江戸への帰還を目論むが。

風野真知雄　わるじい慈剣帖（二）　これなあに　長編時代小説〈書き下ろし〉

孫の桃子を追って八丁堀の長屋に越してきた愛坂桃太郎。大家である蕎麦屋の主に妙に気に入られ、次々と難珍事件が持ち込まれる。

風野真知雄　わるじい慈剣帖（三）　こわいぞお　長編時代小説〈書き下ろし〉

川沿いの柳の下に夜な夜な立つ女の幽霊。桃子の夜泣きはこいつのせいか？　愛坂桃太郎は、可愛い孫の安寧のため、調べを開始する。

風野真知雄　わるじい慈剣帖（四）　ばあばです　長編時代小説〈書き下ろし〉

長屋の二階から忽然と消えたエレキテル。没収しようと押しかけた北町奉行所の捕り方たちも目を白黒させるなか、桃太郎の謎解きが光る。

風野真知雄　わるじい慈剣帖（五）　あるいたぞ　長編時代小説〈書き下ろし〉

長屋にあるエレキテルをめぐり対立してきた北町奉行所の与力、森山平内との決着の時が迫る。愛する孫のため、此度もわるじいが東奔西走！

風野真知雄　わるじい慈剣帖（六）　おっとっと　長編時代小説〈書き下ろし〉

日本橋の新人芸者、蟹丸の次兄が何者かによって殺された。悲嘆にくれる娘のため、桃太郎は真相をあきらかにすべく調べをはじめるが。

風野真知雄　わるじい慈剣帖（七）　どこいくの　長編時代小説〈書き下ろし〉

江戸の町のならず者たちの間に漂い始める抗争の気配。その中心には愛坂桃太郎を慕う芸者の蟹丸の兄である千吉の姿があった。

風野真知雄　わるじい慈剣帖（八）　だれだっけ　長編時代小説〈書き下ろし〉

激化の一途をたどる、江戸のならず者たちの抗争。愛する孫に危険が及ぶまいとする愛坂桃太郎だが……大人気時代小説シリーズ、第8弾！

風野真知雄　若さま同心 徳川竜之助【一】　消えた十手　長編時代小説

徳川家の異端児　同心になって江戸を駆ける！　剣戟あり、人情あり、ユーモアもたっぷりの傑作時代小説シリーズ、装いも新たに登場!!

風野真知雄　若さま同心 徳川竜之助【二】　風鳴の剣　長編時代小説

憧れの同心見習いとなって充実した日々を送る竜之助の身に、肥後新陰流を操る凄腕の刺客たちの影が迫りくる！　傑作シリーズ第二弾！

風野真知雄　若さま同心 徳川竜之助【三】　空飛ぶ岩　長編時代小説

徳川竜之助を打ち破り新陰流の正統を証明せんと、稀代の天才と称される刺客が柳生の里からやってきた。傑作シリーズ新装版、第三弾！